Chara

大人同士

秀 香穂里

キャラ文庫

この作品はフィクションです。
実在の人物・団体・事件などにはいっさい関係ありません。

目次

大人同士

口絵・本文イラスト／新藤まゆり

大人同士

「っあー！　最近の男はどいつもこいつもろくなのがいねえな。どうなってんだ世の中は、アホばっかなのか？　バカばっかりか？」

バンッと扉が開いたかと思ったら険のある声が突然割り込んできて、賑《にぎ》わっていた店中が一気に静まり返った。誰も彼も目を丸くし、舌鋒《ぜっぽう》鋭い男の様子をおそるおそる窺《うかが》っている。カウンター席でひとり酒を啜《すす》っていた小林《こばやし》吉行《よしゆき》も乱暴に扉が開いた瞬間は驚いたが、「っあー！」の一声で、がくりと肩を落とした。その気配が相手にも伝わったようだ。ずば抜けて目立つ綺麗な顔立ちに似合わず、舌打ちする男は混雑している店内を見回し、小林の隣しか空いてないとわかると、あからさまに嫌そうな顔で腰掛けてきた。

「お疲れ、時田《ときた》。荒れてるみたいだな」

「うるせえ。下手な同情をする暇があるならおまえんとこの雑誌の売り上げを上げろ」

せっかくの挨拶《あいさつ》が無情に切り捨てられたことにげんなりすると、店を仕切る耀子《ようこ》ママが苦笑いしながら、殺伐《さつばつ》とした空気を和らげるように時田国彦《くにひこ》に熱々のおしぼりを差し出す。

「時田くんがご機嫌斜めってことは、この間自慢してた彼氏と早速揉《も》めたってトコ？」

「あの野郎、何回かやったぐらいで勘違いして、日に何度も電話をかけてきて『いますぐ会えないか』とか言うんだぜ。いま流行のストーカーかっつうの。ママ、酒」

「はーい、ちょっと待っててね」

くわえ煙草《たばこ》にカチカチと忙しげにライターを鳴らして火を点《つ》けようとしている時田の焦《じ》れったそうな横顔に、仕方なく小林は自前のマッチを擦ってやった。「ほら」と、揺れる火に手をかざして向けてやると、時田は胡乱《うろん》そうな顔をしていたが、少ししてから肩を寄せてきた。

ふわりとした灯《あか》りで浮かび上がる横顔は、二十八歳の同い年で、かつ同期のうえに、同性を愛しつつも感情を制御できると自負している小林でもどきりとする色気を滲《にじ》ませている。大手出版社のひとつとして知られる、央剛舎《おうごうしゃ》の営業部に所属する時田は、明るい笑顔と清潔感漂うスーツがしっくりとはまる、掛け値無しにいい男だ。日本中が沸きに沸いたバブル期は少し前に終わったものの、時田の華やかさは天性のものらしい。だが、同性だけが気負いなく集まるこの店、新宿《しんじゅく》二丁目のゲイバー『キブラ』に来るなり、時田はにこやかな仮面をかなぐり捨て、群がる男を片っ端から食い倒すから、毎回トラブルが絶えない。

火をもらった礼も言わず、時田はじろりと睨《にら》みつけてくる。

「なんだよ、その目。俺に気があるのか？　っても、小林だけはダメだからな。仕事ができない奴には興味ねえんだよ」

「……その気があるとかないとか、なにも言ってないだろうが」

つっけんどんに言われて、嘆息しながら眼鏡《めがね》を押し上げた。

央剛舎が発行する月刊小説誌『小説央剛』の編集者である小林は、日々、多くの作家を相手にしていても穏和な笑顔を崩さず、粘り強さと丁寧な対応で周囲の信頼を得ていた。多くの人と触れ合うのも編集者の仕事だと思っているが、同期の時田だけはどうにも苦手だ。同じ会社に勤めていて、互いにゲイであるということはかろうじて口を閉ざしているが、馴染《なじ》みの店が偶然にも重なっていたのは不幸としか言えない。

男を好きになる自分の在り方はとうに認めているものの、軽々しく口にすべきことではないと考えているので、息抜きの店も口が堅いメンツがそろっていると評判のキブラと決めている。その点は時田も同じ考えらしく、小林と顔を合わせるたびに不機嫌になるのだが、キブラが一番来やすいと言い張っていた。

――どんなに顔がよくても、顔を合わせるたびに毒舌を聞かされたんじゃたまらん。

自分の煙草に火を点けながら深く息を吐き出すと、「嫌みたらしく、ため息かよ」とまたも突っかかられた。

「俺の日々のストレスの半分以上は小林のところの『小説央剛』の赤字にあるんだからな。俺がおまえの雑誌担当について一年間、ずっと赤字続きだ。文庫でなんとか赤字分を補塡《ほてん》できてるからいいが、雑誌部数は第一編集部でも最低だ。おまえたちは善後策ってものをまるで考えてないのか？」

「そんなことはない。俺たち編集部だって、一人でも多くの読者に読んでもらえる誌面作りを目指してるよ」

「口で言うのは簡単だな。おまえらが乗ってるのは泥船か」

「そんなことない。作家も必死に努力して、おもしろい話を書こうと……」

「机上の空論だ。実際は空回りするだけして赤字じゃねえかよ。それでよく、一人でも多くの読者に読んでもらいたいとかって大層なこと言えるよな。この無能。聞いてて呆《あき》れるぜ。死ぬまで夢語ってろ」

時田が強い酒をひと息に呷《あお》る間に、店の扉が何度か開いたり閉じたりした。親しい客が「よう、久しぶり」と声をかけてきたことで時田もころっと笑顔に変わり、小林に冷笑を浴びせてボックス席へと移っていった。

弾丸のように喋《しゃべ》るだけ喋った時田に、耀子ママも口を挟む隙《すき》が見あたらなかったらしい。小林を気遣うように、空になったグラスをそっと取り上げる。

「なんかあったのかしらねえ、時田くん。いつもきつい子だけど、あんなに荒れてるって珍しい。それより、ね、コバちゃん、お代わりするでしょ?」

「うん、……いや……、うん……」

「この一杯は店の奢《おご》り。あんなに手厳しいことを言われても我慢したアンタは偉い。呑《の》んで呑んで」

曖昧《あいまい》に笑い、ありがたくごちそうになることにした。

「……あいつが荒れてる理由、わかる気がするんだ。今日は社内で、主要部署の管理職と関係者が集まる会議があったんだ。俺は出なかったけど、たぶん時田は出たんだと思う。そこで、ウチの編集部とも相当やり合って、『数が伸びないのは本の中身の問題だ』、『営業の努力が足らないんだ』……って、まあ、そんなあたりで大揉めしたって、人づてに聞いてたから」

「そっかぁ……。時田くんとコバちゃん、同じ会社だもんね。でも、編集部と営業部ってそんなに仲悪いもんなの？」

耀子ママの率直な疑問に、小林は苦笑いし、「ま、そうかも」と頷《うなず》いた。

「どこの仕事も、モノ作りの現場と営業、広告とじゃ衝突するね。俺らは寝る暇も惜しんでいいモノを作ってる自負があるけどね。それを世の中に売り出す営業は、『もっとキャッチーなモノにしろ』とか、『こんな地味なモノじゃ店頭で埋もれる』とか言う。……ママも、書店でハデな広告が打たれてる本は思わず手に取るだろ？」

「んー、そうね。趣味じゃないなって思っても、ついついハデな宣伝に釣られて買っちゃうことってあるかもね」

「時田の言い分は間違ってない。その気がないひとでも購買欲をそそられるモノを作れってことなんだ。でも俺たち編集部は、『見た目がハデなら中身が空っぽでもいいのか』と言いたい。それに、業界的にアナログ作業からデジタル作業へ移行してる途中で、パソコンだのスキャナーだの会社全体で大量購入してるから金が飛ぶ。そのぶん、売れる本を作らないと編集部もやっていけない」

「アタシが気軽に読んでる本の世界でも、そんな泥仕合があるのかあ。でもさ、やっぱりある程度の衝突がないと仕事はおもしろくないわよねー。同じゲイで同じ店の常連の時田くんがライバルってのも気の毒だけど」

軽く笑い、耀子ママが濡《ぬ》れたコースターを取り替えてくれた。

「お疲れのコバちゃんには当面、最初の一杯をサービスしたげる。それにコバちゃん狙《ねら》いの客、結構多いんだから、橋渡しぐらいするわよう。たまには可愛《かわい》い子と遊んで気晴らししたら？適度に気を抜くのも必要でしょ」

「うーん、遊ぶ、か。なんか俺、どうもそういうのに向いてないんだよなぁ」

編集者としての仕事が忙しく、ここ一年ぐらいはまともな恋愛をしていない。清潔感と人当たりの良さの二大要素を自分に課してきたので、恋の相手に困った覚えはないが、男同士だからといって軽く浅くつき合うというスタンスはどうも自分に合わない。

「ママ、じゃあな。また来るからさ」

陽気な声にふと振り向くと、時田だ。ほんのり上気した頬《ほお》が艶《つや》っぽい。馴染みの常連客が付き添い、時田の腰に軽く手を回していた。これからホテルにでも行くのだろう。

——誰とでも話して誰とでも寝る。そんな尻軽だから、問題が絶えないんじゃないか。

他人とはなるべく揉めたくない主義の自分にしては、珍しく非難がましい視線を投げていた。それに気づいた時田がさっと空気を鋭く切り裂くような視線を交えてきて、鼻で笑う。

「僻《ひが》んでるのか？　なら、うまいこと頭切り替えて遊べばいいだろ。そういうスイッチングができないから、仕事の焦点もぼやけっぱなしなんだよ」

「俺はべつに僻んでるわけじゃ……」

「言い返す気力があんなら、売れるモノつくれよバーカ」

容赦なく吐き捨てた時田と常連が店を出て行く。しばしの間、店中が、取り残された小林の様子を窺って静まり返っていた。店に来るときも帰るときも、時田はやかましい。

耀子ママの心配顔にも応えられず、小林は今度こそ本気でため息をついた。


「最新号の数が伸びない。このままじゃ本当にまずい」

時田の低い声に、小林も真面目な顔で頷く。

キブラで喧嘩《けんか》を売られた夜から数日後の金曜、むっとした顔の時田と社内ですれ違い、とりあえず表向き、会釈だけして通り過ぎようかと思ったら、「ちょっと時間、あるか」と呼び止められたのだ。

午後二時の雑誌編集部はどこものんびりしたもので、ミーティング室もがら空きだ。互いに自販機でアイスコーヒーを買い、ずらりと並ぶミーティング室の一つに入った。

売り上げデータが書かれた紙資料を手にした時田は今日もしゃれた青のネクタイを締めてい

る。昨晩呑みすぎたのか、顔色があまりよくない。つらそうな顔にほだされて、「二日酔いに効く薬、持ってるけど」と言うと、「違う」とぶつりとした声が返ってきた。

「ちょっと風邪をひいただけだ。……なんだよ、毎晩、俺がどんちゃん騒ぎしてるとでも思ってんのかよ」

「時田の夜遊び好きは有名じゃないか。あんまり羽目をはずすなよ。あんな無茶な遊び方をしてたら、そのうち社内にもバレるぞ」

「俺がゲイだってことが、か？　そんなの、バラした奴を片っ端から食い倒して同類にしてやる」

目を眇《すが》めて笑う男の度胸の良さに惚《ほ》れ惚《ぼ》れすべきか、呆れるべきか。どっちつかずの顔をしていた小林に構わず、シャツの胸ポケットから煙草を取り出した時田はスラックスの前、うしろポケットをぱたぱた叩《たた》いている。ライターを忘れたらしいと気づき、ブックマッチで火を点けてやり、ついでに小林も煙草をくわえた。

相変わらず、時田は礼の一つも言わない。顎《あご》を少し上向けて、ふうっと煙を吐き出す仕草にも独特の色香を滲ませる男に、つい余計なことを言いたくなってしまう。

「その気がない男でも、時田が本気を出して挑んだら分が悪いんだよ。やめとけ、変に自分を安売りするのは」

安売り、という言葉に時田は機嫌悪そうにぴくりと眉《まゆ》をはね上げる。

「俺に説教する前に現実を見ろ、現実を。さっきも言ったように、最新号もまた赤字ラインだ。このままだと、おまえんところの雑誌は半年か一年後には廃刊に追い込まれて、文庫しか出せなくなる」

「廃刊……」

「事実上、『小説央剛』編集部は解散だ。全員、他部署に散らばることになる」

廃刊、という恐ろしい言葉を突きつけられて、今度は小林が黙り込んだ。『小説央剛』の歴史は長く、純文学を掲載する月刊誌として小説好きな読者に愛されてきたが、ここ数年で出版業界全体が不況に陥り、『小説央剛』も純文学一筋ではやっていけなくなっていた。小林が入社した頃にはすでに路線変更し、サスペンスに恋愛、ミステリーものと一般受けしやすい小説も多く掲載するようになっていた。それでも読者離れを食い止めることは難しく、雑誌の赤字は、小林たちが携わるもう一つのライン、『央剛文庫』でなんとか埋めているのが現状だ。

「……ウィンドウズ95が出たことで、パソコンも一般化してきたしな。携帯電話ももっと浸透したら、近いうちに小説や漫画もデジタル環境で読めるようになるんだろうけど、紙のページをめくる楽しみっていうのは、そういうのとはべつの楽しさがあると思う」

「売り上げの悪さをデジタルのせいにするな。小林がここで熱弁をふるっても、読者はそう思わないから実売数に繫《つな》がらないいんだろう」

「いい原稿、載せてる自信はあるんだけどな……」

本音をこぼしたとたん、煙草を深く吸い込んでいた時田が、まなじりを吊《つ》り上げる。

「いい原稿っていうのはなんだ？　ベテラン作家に十年前と変わらない路線を書かせている一方で、新人作家を起用したかと思えば、風呂敷を広げっぱなしで収拾がつかない話ばかりじゃないか。それが本当に小林の言うところのいい原稿なのか」

「――おまえ」

編集者としてこれ以上つらい言葉はない。思わず顔を引き締め、小林も姿勢を正した。営業部の人間として強く踏み込んでくる時田はそれなりに『小説央剛』を読んでいるようだ。しかし、ここで彼の意見に素直に頷いたら編集者の名折れだ。

「確かに、雑誌の売り上げが落ちていることは認める。でも、今おまえが指摘したベテラン作家にも地味な作風の新人作家にもちゃんと愛読者がついてるんだ。それを無視して売り上げだけを重視するのか」

「はっきり言わせてもらうがな、俺にとっちゃ、売れるモノが正義なんだよ。こっちだってだてに営業をやってんじゃねえ。シリーズ化でさらにヒットを狙えそうなものや、派生商品で引っ張れるものならいくらでも大プッシュする。おまえんところの雑誌には、そういう華がないんだ」

「絶対的な華がないといけないのか？　売れ線だけを目指せっていうのか？　売れるモノだけが正義だなんていう偏った考えじゃ編集者は務まらないんだよ。売れるかもしれない原石を発掘する作業がどれだけ大変か、現場にいないおまえにわかるのか？」

語気荒く言うと、時田は顔を強張《こわば》らせ、火を点けたばかりの煙草を乱暴に灰皿に押し潰《つぶ》す。

小林も一度言い出したからには、退けなかった。

「おまえの言うところの売れるモノの最大値が十だとしよう。誰から見ても、十ばかりの作品が載っている雑誌なんて現実的にあり得ない。売り上げ的には六、七レベルの作品がおもしろいと思う読者だっている。そもそも、売り上げとおもしろさは、イコールじゃないだろう」

「へりくつ言うんじゃねえよ」

「へりくつでも、理屈は理屈だ。時田は表面的な数だけにこだわってて、おもしろさにもばらつきがあるってことを実感できないから、数を上げろって簡単に言えるんだろ」

気色ばんだ小林に、時田はなにか言おうとして口を二度三度開くが、険しい顔つきはしだいに陰鬱《いんうつ》なものに変わっていく。

「……実感できなくて、悪かったな」

掠《かす》れた声が妙に胸をざわめかせる。いつも悪し様《あざま》に言う時田に、小林は小林なりの姿勢を示しただけだ。

「おい時田、……あのさ」

同期なのだから、もう少し落ち着いて話し合えないだろうかと言いかけたのを、時田が遮ってきた。

「とにかくこの数字を見て、生き残る方法を考えろ」

資料をばさりと放り投げた時田が足早に部屋を出て行き、あとに残された小林はただため息をつくしかなかった。

いったい、自分のなにが彼をあんなにも苛立《いらだ》たせるのだろう。

「いつから、目の敵にされてたんだか……なにかしたか、俺」

入社後の一年間は社会人として、また出版業の基礎知識をまんべんなく学ぶために、小林も時田も総務部に配属された。新入社員は全員そうだ。雑誌や書籍の現場に携わりたくて誰もがうずうずしていたが、入社早々、カメラマンや作家、フリーライターたちと直接仕事ができるわけではない。営業部に広告部、法務部はもちろん、本の材料となる紙の値段や質に知恵を絞る部署の仕事を手伝い、一冊の本が世に出るまでには想像以上の人数が関わっているのだとしみじみ実感していた頃はまだ、時田ともわりと普通に言葉を交わしていたはずだ。

——あのときはまだ、互いにゲイだって知らなかった。偶然そうだとわかったのは、お互いに総務部を離れて、あいつが営業部、俺が『小説央剛』に配属されて半年後ぐらいのことだ。キブラでバッタリ会って、お互いに絶句したっけ。入社当時から秀でた容姿で社内の女性に人気があった時田が、まさか自分と同じ性癖だとは思っていなかったから、本当に驚いた。

両腕を頭のうしろで組み、天井に向かって煙を噴き上げながら小林は苦笑いする。たかだか四、五年前のことなのに、もうずいぶんと昔の話に思える。つらつらと思い出してみると、時田の態度が悪化し始めたのは、たぶんあの頃からだ。

「……同じ性癖で、通う店も同じで、会社も同じなのが気に入らないのか？」

わからん、と一人呟《つぶや》きながら部署に戻ると、会議を終えてきた編集長の橋本《はしもと》が担当作家のゲラに目をとおしていた。小林が浮かない顔をしていることに気づいたようで、ちらりと視線を投げてくる。

「コバか。機嫌悪そうだな」

「そんなまた、ストレートな」

橋本の言葉に、一応苦笑いしてみせた。

先月、四十歳になった橋本は、穏やかな風貌《ふうぼう》に似合うのんびりとした性格だ。どんな場面でもけっして声を荒らげず、誰に対しても平等な態度を取る橋本が、『小説央剛』の編集長になってから早くも一年が経つ。小林も彼の鷹揚《おうよう》さには慣れたつもりでいるが、ときどき、――この人がトップで大丈夫なんだろうかと危ぶむことがあるのも事実だ。編集長でありながら作家を抱え持つ橋本の仕事のやり方はそつがないぶん、尖《とが》った部分もまるでない。編集会議で、売り上げがじりじりと下がっていく現状を憂うものの、思いきった路線変更を誰かが口にしたところで、決定権を持つ橋本がなかなか頷かないため、最近では編集部全体に白けたムードが漂っている。

そんなことを実際に口にしてしまうほど小林も幼稚ではないから、今この場でも、どう返そうかと少し考え、「あの」と切り出してみた。

「……ついさっきまで、営業部の時田と話してたんですよ。ウチの最新号の数がヤバイらしいって」

「ああ、うん。俺も午前中一杯、お偉い方々にこってり絞られてたとこだ」

「そんなにヤバイんですか」

「まあな。暗雲が漂ってるのはおまえもわかってるだろうけどさ。ちょっとな、本気でまずいんだよ。頼りにしてた作家……石川《いしかわ》先生が、今後しばらくウチじゃ書かないって、昨日言ってきたんだ」

「え、石川先生がウチを降りるんですか？　どうして急に。先月まで普通に書いてくださってましたよね」

「他社でやりたいんだと」

中堅どころとして安定した人気を誇っていた石川は、橋本が抱えていた作家だ。けっして目立つ作風ではないが、下調べがしっかりなされた、一癖あるミステリー小説を書いてくれる作家として根強いファンがついている。小林も石川の作品が好きだっただけに、驚きを隠せない。

「どこで書くか、おっしゃってましたか」

「いや、言わなかった。向こうもあまり話したくなさそうな雰囲気だったしな」

乾いた声の橋本は、石川が去ってしまうことをとうに諦《あきら》めているようだ。

石川は毎年かならず、数本の小説を書き下ろしてくれていた。そんな作家が突然、『他社でやりたい』と言い出したのにはなにか理由があるはずなのだが、恬淡《てんたん》とした橋本はとくに聞かずに手放したのだろう。

そういうところが、小林はたまらなく歯がゆい。誰とも波風を立てないように事を進める橋本を、「優しい人だ」と評するひともいるが、本当にそうなのだろうかという疑念がふくれ上がってくる。小林は過去に何度か石川本人に会っており、堅実で、生真面目な人柄だと知っている。そう簡単に、書く場所を変えるタイプではないし、担当編集者とも毎回綿密な打ち合わせをする。

——そんな人が、どうしてウチを離れることになったんだろう。

自席に座り、作家から上がってきたばかりの原稿をチェックする間も橋本の様子をちらちらと窺ったが、べつの作家の原稿に没頭している編集長からこれ以上の答えは引き出せない。

「おい、コバ。眉間《みけん》に皺《しわ》寄ってんぞ。早くも老眼かよ」

「三澤《みさわ》さん、ひどい言いようですね」

ぽんと肩を叩かれて驚いて振り返ると、副編集長の三澤だ。三十五歳になる三澤は麻雀《マージャン》にめっぽう強く、小林も作家の原稿待ちのときにはよく彼と一緒に近所の雀荘に連れだって行く。橋本と違ってきついことをずけずけ言う男だが、一本筋がはっきり通っているところを信用している。

時田からぶつけられた不満と、作家の石川が降りてしまったという混乱を、三澤に持ちかけてみようか。彼なら、橋本よりもう少し突っ込んだ話ができるはずだ。

「三澤さん、腹減ってませんか？　俺、今日はまだメシ食ってなくて。ちょっと軽く食べに行きましょうよ」

「んー？　あ、うん、わかった。んじゃ、パッと食いに行くか」

勘が鋭い三澤は小林の誘いの真意を悟ったらしい。まだ原稿を読んでいる編集長に、「ちょっと出ます、すぐ戻りますから」と伝え、席を立った。

会社近くの裏通りにある喫茶店は、ランチタイムがちょうど終わったところでいい具合に空いている。

「どうした。なんか面倒なことでも起きたのか？」

「面倒っていうか……三澤さんに相談したいことが二つあるんですよ。一つめは、石川先生がウチの雑誌を降りた件です。知ってました？」

言うなり、くわえ煙草の三澤が渋い顔をして頷く。

「ああ、橋本さんから今朝聞かされた。ちょっとびびったぜ。いま、あの人に抜けられると痛いんだよなぁ。読み切り形式で続けてたシリーズが結構いい評判だっただろ。あれをそろそろ文庫化しようって本人とも話し合ってたのに、いきなり昨日、『今後は他社で書く。シリーズものはしばらく封印したい』って言われたんだと」

「そうなんですか……残念です。担当の橋本編集長、どうして石川先生を引き留めなかったんでしょうね」

「あのひとの事なかれ主義は今に始まったことじゃないだろ。……ここだけの話にしろよ。もともと、橋本さんは小説にほとんど興味がねえんだよ。どんな原稿が上がってきても初稿一発で通す。それがいい、楽だって言う作家もいるだろうが、俺に言わせりゃそんなのは単なる手抜きだ。石川先生も、橋本編集長が担当になってからどんどんモチベーションが下がったって、風の噂《うわさ》で聞いてた」

「だから、他社で？」

「だろうな。コバならどう思う？　必死で書いた原稿に、なんの突っ込みもアドバイスももらえず雑誌に掲載されて嬉しいか？」

「楽かもしれないけど……、そのうち迷走するでしょうね。なにを書いてもなにも言われないって、一番怖いですよ」

「だろ。俺もそう思う」

編集者である小林も、雑誌の体裁を整えるための原稿を書く。小説に合うキャッチコピーやちょっとした紹介文、読者ページといった細々とした記事は新人の頃に散々書かされ、そのたびに先輩編集者に『読める日本語を書け、バカ』と突っ返されたものだ。三澤にもずいぶん世話になった。一年前に他部署から異動してきた上級職の橋本と違い、三澤はもう六年以上、

『小説央剛』に所属している。小林に、誰が読んでもわかる文章の書き方を徹底的に叩き込んでくれた一人だ。

「まあ、石川先生の件はしょうがねえ。橋本さん預かりの作家だから、俺も手が出せなかったんだ」

「でも、作家さん繋がりで、それとなく話を聞くことはできませんか?」

「んー……、今すぐは無理だろうけど、やってみる。コバが担当してる作家で、石川さんとつき合いがありそうなひとっているか」

「探してみます」

「慎重にな。作家がどこで書くか書かないかっていうのはナイーブな問題だ。編集部側が作家の動向を見張って裏で動いてるってバレたら、信用問題に関わる」

「わかりました。じゃあ、この件については三澤さんにしか話しません。もう一つ、いいですか?」

右手に煙草、左手でアイスコーヒーのストローをくるくる回す三澤に、時田と衝突した一件を話して聞かせた。

「……とにかく時田がうるさく突っかかってくるんで、つい俺も頭に血が上って、『現場にいないおまえになにがわかる』って言ったら、あいつ、いきなり顔色変えて」

「あー、おまえソレ、地雷だよ地雷」

「は？　地雷？」

わけがわからなくて首を傾《かし》げる小林に、苦笑いする三澤がズーッと音を立ててアイスコーヒーを啜り込み、「これも、オフレコな。絶対漏らすな」と釘《くぎ》を刺してくる。

「時田が編集者になりたくてたまらんっつーのは、社内でもわりと有名なんだよ。これを知ってるのは管理職だけだし、時田もプライドが高いから、自分じゃ絶対に言わんだろうがな。入社一年目の総務部での勤務を終えたあと、新人はいろんな部署に散っていくだろ。コバは希望どおり雑誌部署に来たんだろうが、あいつは違う。編集者になりたくてウチの会社に入ったのに、営業部が時田の売り込み能力の高さを見抜いて、どうしても欲しいって言い張ったんだ」

「……そう、だったんですか……、全然知らなかった、そんな話」

取り澄ました顔をしながら毒を吐く時田が、ひそかに編集部入りを熱望していたと知り、ちょっと言葉が出なかった。もしかしたら、自分は無神経なことを言ったんじゃないだろうか。

「そりゃ、普通は悔しくて言えないだろ。同期でも、コバはとくに編集者として社内で名を上げてる最中なんだしよ。ウチの雑誌の売れ行きはともかくとして、コバが担当した作家は、文庫できちんと数字を出してるだろ。時田がひねくれるのもしょうがない」

「でも……毎回俺の顔を見るたび嫌みを言うエネルギーがあるなら、部署異動を申し出てもいいじゃないですか」

「営業部の上司があいつを絶対離さないって言ってたのを聞いたことがあるんだ。それに時田自身、バカじゃない。自分には売る力があるんだってことはわかってるさ。実際、時田が流れを見ている出版物は、ウチの雑誌をのぞいて、どれも二割以上、数を伸ばしてる。同期のよしみで、あいつの妬《ねた》みぐらい鷹揚に受け止めてやれや」

「妬み、か……。そんなの考えたこともなかった。誰かを妬むなんて疲れるだけなのに」

ついため息を漏らすと、三澤がさも可笑《おか》しそうに肩を揺らす。

「コバは変なところで達観してるよな。俺はそういうとこ気に入ってるけど。妬みや僻みをうまくジャンプ台にできる奴もいれば、時田みたいに延々と地雷として抱え込む奴もいる。みんな、口にしないだけでいろいろ考えてるってことだ」

「三澤さんは、どうなんですか。三澤さんでも他人を妬むことがあるんですか?」

無精髭《ぶしょうひげ》を生やした三澤が少し顎を上げ、煙草をくわえたまま目を眇め、にやっと笑う。豪快な笑い方が板についている三澤の凄《すご》みが垣間見えた気がして、小林は思わず姿勢を正していた。

「あるよ」

「本当に?　誰にですか」

「バーカ、聞かれてそうそう簡単に答えるか。ま、そのうちな。そろそろ会社に戻ろう。俺も作家に進捗《しんちょく》状況を聞かなきゃならんし、パソコンの使い方も覚えなきゃならんし」

「ウィンドウズ95のことなら、ひととおりわかりますから、なんでも聞いてください」

文芸誌とはいえ、パソコンが全員に支給されたことで誰もがデジタル環境に苦心惨憺《さんたん》しながら慣れようとしている。小林は幸い、昔から機械弄《いじ》りが好きだったこともあってパソコンもすぐ扱えるようになった。今は作家も編集者もまだ原稿用紙でやり取りすることを当たり前としているが、「インターネット」や「電子メール」という言葉が世間に浸透し始めている。一、二年のうちに、出版業界もすべてデータでやり取りするようになるはずだ。

「すみません、わざわざ時間割いてもらって。ここ、俺が持ちますね」

伝票を取り上げると、三澤は平然とした態度で、「当たり前だ」と言う。

「今日はオフレコ話ばっかかだったな。アイスコーヒーぐらいじゃ足りねえ。この借りは麻雀か仕事で返してもらうからな」

「わかりました。いつでもどうぞ」

気を重くさせないように言ってくれた三澤に感謝し、小林は笑い返した。

編集部に戻ると、小林が担当している作家の村下《むらした》から電話があったとメモが残されていた。急ぎではないようだが、今取りかかっている原稿のことで相談したいらしい。受話器を取り上げながら、――悪かったな、と時田のことを思い出した。事情を知らなかったとはいえ、『おまえも編集をやってみればいい』という言葉は、時田にとってまさに痛恨の一撃だったに違いない。

しかし、三澤が言っていたとおり、彼とて、今の営業という仕事が嫌で嫌でたまらないというのではないから、着実に実績を上げているのだろう。

――お互いに、もう少し歩み寄れればいいんだけどな。

とはいえ、なにをどう言えばいいかわからない。勘がいい時田にとって、下手な同情や慰めほど鬱陶しいものはないはずだ。

――でも、やっぱり一度は謝りたい。真正直に言えばあいつも怒るだろうから、遠回しにでも、言いすぎたことを伝えられれば。

電話の呼び出し音を五回かぞえたところで、ようやく村下が出てくれた。

「不在で申し訳ありません。先生、なにかありましたか？」

小林が担当している中では、一番のベテラン作家で時代物を得意としている。小林の倍以上の年齢で筆も速く、時代考証もきちんとしているが、気分が乗らないと、八つ当たりのように電話をかけてくる。今日もそうだ。前々から懇意にしている古書店に、現在執筆中の原稿に必要な古地図が入ったら連絡してほしいと頼んでいた。幸運にもつい昨日、原本が入荷したらしいのだが、彼よりもさらに大御所の作家もそれを欲しがっていたらしく、数倍の金額で買い取られてしまったらしい。

『あの地図が入手できれば、もっと話のディテールに凝ることができるのに』

村下の愚痴を辛抱強く聞くかたわら、つき合いのあるいくつもの古書店を記したスケジュール帳をめくった。

「確約はできませんが、私のほうでも探してみます。原本でなくてはだめですか？」

『もともと複製も少ないと聞いている地図だから、この際、複製品でも構わない。でも、複製もめったに出回らないんだが……』

「いくつかの書店を当たってみます。ウチの社内でもときどき歴史の企画本をつくるときがあって、古地図に強い社員もいますし」

『頼むよ。そう急がなくてもいいから』

「見つかり次第、すぐにご連絡します。原稿、頑張ってくださいね」

励ましと念押しを込めて言うと、電話の向こうの村下は苦笑いして切った。

すぐに社内の知り合いに内線をかけ、村下が求めている古地図があるかどうか確認してくれないかと頼んだ。『あるかどうかわからないし、探すのにも時間がかかる』との返答だったので、小林はみずから知り合いの古書店を回ることにした。こういうとき、無数の古書店が軒を連ねる神保町《じんぼうちょう》近くに会社があってよかったと思う。

その後の数日も、時間に隙があれば古書店を見て回ったが、目的の古地図はなかなか見つけることができなかった。万が一、入手できない可能性もある。早めに村下に謝っておいたほうがいいだろうかと悩みながら、ある日の夕方、再度古書店を回ってみようと社を出ようとしたら、玄関で時田とばったり出くわした。

彼もこれから外に出るようだ。

「あ、……時田」

数日前の険悪なムードを払拭するように、明るく声をかけてみた。

「これから、どこに行くんだ？」

「書店回りだ」

相変わらず時田は仏頂面で、目を合わせようともしない。

「俺も作家の依頼で古地図を探しに行くんだ。一緒に行かないか」

「古地図？　そりゃ古書店のほうだろ。俺が回るのは新刊が置かれてる書店だ」

「でもほら、近くだし。俺も古地図だけじゃなくて、資料用の本を買うために書店に行きたかったから」

古地図を探すというのは事実だが、資料用の本を買いたいというのはとっさの出任せだ。

編集者になりたくて、でも叶《かな》わなかった時田がどんな営業をしているのか、実際に見てみたいのだ。正直に言ったら拳《こぶし》が飛んでくるだろうから内緒にしておくが、興味があるし、もし、少しでも隙があったら、謝りたい。

「おまえの仕事の邪魔はしない。俺も雑誌の発売直後は書店に行くけど、ついつい次の進行に頭がいきがちなんだ。おまえに指摘されたとおり、売り上げが上げられない今、こまめに既刊の流れも見ておきたい」

「……勝手にしろ」

ふいっと顔をそむけた瞬間、時田の声から少しだけ棘《とげ》が抜けたように聞こえたのは気のせいだろうか。

なにを話すでもなく神保町へと向かい、時田の書店回りにつき合った。

大型書店に一歩入ると、時田の顔つきががらりと変わった。にこやかな態度で、書店員に半年ほど前に創刊された女性ファッション誌の出足を聞く間も、客がどの雑誌を手に取るか鋭くチェックし、メモを取っている。

「売れ行きはわりと好調ですか？　なら、よかった。創刊号から付録を豪華にしてますからね。誌面の充実は当たり前だけど、今後は付録もクオリティの高いものをつけないと新規読者が食いついてくれませんし。あ、すみません、ウチの雑誌、よかったら平台の真ん中に置かせてもらってもいいですか？」

終始笑顔を貫く時田の素早い行動に、書店員も苦笑いしながら雑誌の山を目立つ場所に移動させる。その後もフロアをくまなく歩き回り、夏に書店とタッグを組んで開催する大規模な文庫フェアについても書店員と綿密に話し込んでいた。

社内やキブラではいつも機嫌が悪いところしか見ていなかっただけに、精力的で笑みを絶やさない時田の仕事用の顔には内心、感嘆のため息を漏らしてしまう。確かにこれだけの能力なら、営業部が時田を離したがらないはずだ。

――思った以上にできる男だ。会社の内と外ではまるっきり印象が違う。

フットワークのいい時田から目が離せないことに、彼も気づいたのだろう。胡乱そうな面持ちで顎をしゃくってきた。

「古地図を探しに来たんじゃないのか？　もう店、閉まるぞ」

「あ？　……ああ、ホントだ」

もう、六時近い。古地図専門の書店は早めに店じまいしてしまうので、今からではゆっくり探す時間もない。

――今日は時田の仕事ぶりが見られただけでも、いいとするか。

開き直ることにして、小林は、「構わない」と言った。

「日を改める。地方に、古地図に強い書店があるからそこに電話してみるよ」

「そうか。じゃあ俺はここで……」

「待てよ、時田」

話は終わったとばかりに背を向けようとした時田の腕を慌てて摑《つか》んだ。とたんに、びくんと驚く気配が伝わってくる。嫌がらせのつもりではないので力を緩めたが、小林も手を放さなかった。

「時田はこのあと、また会社に戻るのか」

「なんでそんなことを聞くんだ」

「これからメシでも一緒に食わないか?」

「小林と? 俺が? なんで」

あくまでも懐疑的な態度を崩さない時田に苦笑いし、素直に打ち明けることにした。

「おまえが普段どんなふうに仕事しているか、見せてもらえてよかったよ。俺たちが作った本を一冊でも多く売ろうとしてくれている時田には、感謝してる」

「じゃ、もっと売れる本を作れ」

「そう意地悪いこと言うなよ。とにかく頑張る。でも今夜はせっかくだからいろいろ話がしたい。普段よく顔を合わせるキブラは、そういう雰囲気じゃないだろ」

「まあな、でも……」

渋い顔をしたままの時田に逃げられないよう、急いで言いかぶせた。

「時田、おまえ、なにが好き? インド料理でもタイ料理でも和食でもフレンチでもイタリアンでもおいしい店、案内する」

「小林は会社に戻らなくていいのか。鞄《かばん》、持ってきてないだろ」

「大丈夫。今日はとくに持ち帰るものがないし、財布とポケベルは持ってる」

しばしの間、時田は疑り深そうな目で、口を閉ざしていた。挑むような目つきに、小林も黙っていたが、内心はらはらしていた。

人見知りとは無縁で、誰とも明るく打ち解けられる自信のもとに、今まで、多くの編集者と言葉を重ね、作家をなだめたり、励ましたり、悪く言えば丸め込んできたりしたのに、切れ味の鋭い時田にはそれがうまくできない。同い年だが、持っている芯《しん》がまるで違う。こっちが口先三寸で丸め込もうとしても、時田は早々に勘づいて身を翻すだろう。

どうにかして時田に近づきたいのだが、目には見えないバリアのせいで近づけない。

沈黙がいたたまれず、前言撤回しようかと思った。

「時田、忙しいならまた今度でも……」

「行く。おまえの奢りでイタリアン。腹が減ってるんだ。さっさと連れてけ」

あまりに無愛想な声だったが、オーケーしてくれたのだとわかって緊張の糸が一気にほどけ、小林は思わず口元を緩めていた。

「めちゃくちゃ旨い店に連れていくよ」

飯倉片町《いいくらかたまち》のはずれにあるイタリアンレストランで、時田は、細身とは裏腹の旺盛な食欲を見せてくれた。メニューを広げるなり、前菜を三品、サラダにパスタにピザ、あげくに本日オススメである肉料理も頼み、ワインのフルボトルを注文した。

こんなに頼んで全部食べられるのか、日頃の腹いせに大量に頼んだのかという軽い疑惑は一時間も経たないうちに吹っ飛んだ。

時田はよほど腹が減っていたらしい。皿が運ばれてくる先からどんどん無言で平らげていくので、小林も必死に食べまくり、気がついたらワインボトルも空になっていた。

「あー、食った食った」

満足そうに腹を撫《な》でる時田はまだ呑み足りないのか、デザートが出る前にもう一杯グラスワインを注文している。豪快な食べっぷりは呆れるどころか、いっそ爽快《そうかい》で、つい笑ってしまう。

「ホント、よく食ったな。おまえ、なんでそんなに食べるのに太らないんだよ」

「身体を動かすのが好きだし、甘いものを大量に食べても脂肪がつきにくい」

「女性が聞いたら心底羨《うらや》ましがる話だな。じゃあ、デザートも頼むか」

「ああ。でも、もう少しあとでいい。このワインを呑み終わってから」

時田の口調が和らいでいるのは、酒が入っているせいもあるだろう。

「いい店だな。料理もワインも旨かった。店内がそんなにうるさくないのもいい」

「会社からちょっと離れてるのが難なんだけど、作家との打ち上げでたまに使うんだ。すぐ近くに朝までやってるバーもあるし」

「ふーん、打ち上げかぁ……」

グラスに残ったワインを揺らす時田は店内をゆっくり見渡している。

「楽しそうで、いいよな」

ぽつりとした声をどう受け取っていいものか、一瞬迷った。時田が編集者になりたがっていることを知っていても、容易に触れてはいけない気がする。それに、営業に精一杯打ち込む姿を見た直後だ。

——時田自身、編集者に憧《あこが》れを持っていても、今の営業を心底嫌がっているわけじゃないだろうから、水を差したくない。

ウエイターを呼んでデザートとホットコーヒーを持ってきてもらい、ほろ苦いティラミスを一口楽しんだところで、小林は「でも」と言った。

「こういうところで誰と打ち上げをしても、やっぱり仕事だからさ。相手がベテランだろうが新人だろうが、当然、気を遣うよ」

「モノづくりの現場ならではの話ってのがあるだろ。次はどういうものを作ろうとか、どんな話を書いてみようとか……、そういうのが楽しそうだって言ったんだ。俺は、それを売り込むだけの立場だから」

言葉のおしまいのほうはさすがに気恥ずかしくなったのか、声をひそめてうつむく時田の正直な心に初めて触れられた気がして、デザートを食べるのも忘れた。

たとえば互いにまだ学生ならば、サークルに誘う感覚で、『ちょっとやってみるか？』と気軽に言えるのだが、自分も時田も会社に属する立場だ。好き嫌いで仕事を選んでいたら、サラリーマンは務まらない。

どう返そうかあれこれと考えあぐねたものの、一度きちんと詫《わ》びたかった。時田が編集者になりたいかどうかはさておき、数日前、社内で雑誌の売り上げが落ちていることを指摘されたとき、自分らしくもなく腹を立て、『おまえだってやってみればいいだろ』と言ってしまったことを謝りたい。

「あのさ、前は、悪かった」

「なんの話だ」

「ウチの雑誌の売り上げについて話してくれたとき、俺、みっともなく逆上しただろ。俺がもし、今日の時田みたいな営業をやってみろって言われたら、お手上げだ。軽率なことを言って、ごめん」

「少しは見直したか」

「少しどころじゃない。感謝してるよ」

真面目な顔を向けると、時田の冷笑があやふやになる。

「瞬時に売り場の状況を把握して、どうすれば自社製品を目立たせられるか。もちろん慣れもあるだろうけど、時田は根っから判断が早いんだろうな」

「それが俺の才能だ」

まるで動じない時田に苦笑した。

「おまえたち営業部が地道に書店に足を運んで売り込んでくれる場面を見た以上は、俺も一編集者として報いたいと思う」

「……俺が思うに、『小説央剛』の根本は、そんなに悪くない」

「え、時田？」

思いがけない言葉に目を瞠《みは》った。

「おまえ、ウチの雑誌をちゃんと読んでくれてるのか」

「毎号、表紙から奥付まで目をとおしてる。どれも手堅い話だし、しっかりしてる。でも、こんところ、どんどん無難な線に走ってるだろ。それが気になってたまらないんだよ」

本気で雑誌の行く末を案じているのがわかったから、小林もおとなしく聞いていた。

「少し前までは冒険的な話も載せてたのに。どうして最近は無難路線ばかりなんだ」

「……まあ、流れって言ったら言葉が悪いけど、尖った話は載せにくい状況なんだよ」

「橋本編集長の意向だろ」

鋭く言い当てた時田に、「そうだ」とも「違う」とも言えず、言葉に詰まった。同じ会社に勤めているとはいえ、内部の澱《よど》んだ事情をさらすのは恥ずかしいし、情けない。気まずい雰囲気をどうにかしたくて、もう一杯ワインを頼もうとしたときだった。時田が空になったグラスの底をカツンと響かせ、目を合わせてきた。

「店、変えよう。ここ、結構長居してるし。近くに、朝までやってるバーがあるんだろ」

「……ああうん、そうだな、そうするか」

会計をすませる小林よりも先に店を出ていた時田の足取りはしっかりしており、酔いをまったく感じさせない。だが、歩いて数分のところにあるバーに入ったとたん、仄《ほの》かな照明のせいか、端整な面差しに陰影が加わり、ちょっとした目遣いもやけに色っぽい。営業の人間らしい清涼感あるスーツ姿と、内側から自然と滲み出す色香が絶妙だ。

昼間に見た明るい笑顔は、やはり仕事用なのだ。仄暗い場所にいるほうが、時田が本来持つ磁力はより強くなる。

カウンターに肘をついた時田は顎を上げ、薄く瞼《まぶた》を閉じながら煙草をくわえる。まるでキスを誘うような表情には、さしもの小林も見入ってしまった。計算高いのか、自然とやっていることなのかまったく見分けがつかない。

「惚れるだろ」

ちらりと視線を流してくる時田のからかいに、「バカ言うな」と即座に返したが、まだ胸が逸《はや》っている。

仕事をともにする相手に恋をしない、というのが小林のルールだ。同性を好きになる自分自身は認めているものの、場所や相手を限定させないと背負うリスクが一気に高くなる。

——でも、時田はたぶん、そうじゃない。その気になったら時間も場所も選ばずに快感を欲しがるタイプだっていうのは、キブラでも有名じゃないか。

誰とでも簡単に寝るくせに、完全に摑みきれない天性の奔放さが時田の長所で、同時に大きな短所だ。

「……おまえ、ホントにもてるよな」

「なにアホなこと言ってんだ。当たり前だろ？　もてるどころの騒ぎじゃねえ。女も男も俺の顔を見た瞬間にひれ伏す」

ふっと煙を吐き出す時田の粋な仕草と、自信過剰な言葉のちぐはぐさに、思わず声を上げて笑い出してしまった。

いつものつっけんどんさが抜け落ちた時田は、ちょっとバカで可愛い。取り澄ました時田の外面に心を奪われる奴は多いだろうが、自分としては今みたいなギャップのある一面に強く惹《ひ》かれる、と思ったところで、――こいつは同僚だろ、と己を戒めた。

「仕事の話をしよう。『小説央剛』が悪い意味で丸くなったのは、橋本さんが編集長になってからだろう。あの人自身、編集者として才能がないわけじゃないと思うが、そもそも上に立つ器じゃないし、小説自体にあまり興味がなさそうなんだよな」

「俺に答えを求めるな」

「橋本さんって、前にいた週刊誌の部署では副編だっただろ。二番手なら、それなりにいい仕事をする人じゃないか？」

「もし時田の言い分が当たっていたとしても、部下の立場で、俺は上司をどうこう言いたくない」

「日和《ひよ》ってんじゃねえよ。下から突き上げを食らうのも上の立場の役目だろ。ま、橋本編集長の場合は、『小説央剛』の部数を伸ばすために奔走するより、これ以上、下がらないために穏便にやり過ごしたいんだろうよ。実際には、どんどん下がってるんだけどな」

「……きついこと言うよな、時田は。本当のこと言ってると思うけどさ」

「酷な現実を突きつけられて耳が痛いか？　じゃあ、俺の言葉をありがたく拝聴しろよ。シビアな現状にぶち当たってるくせに見ないふり、聞かないふりをするのは楽だし、嫌われないだろうよ。それが一番卑怯《ひきよう》なんだよ」

卑怯だ、という言葉がぐさりと胸の真ん中に突き刺さる。毎回、作家と一緒になっていい話を生み出そうと心がけているが、「これぞ」という確かな手応えを摑んだことは正直なところ、まだない。

「時田の言うことにも一理ある。ただ、『数』だけを追うと見失うものもあると思うのも本心だ。今はせめて、作家のモチベーションを上げることに努めたい」

「笑えるぐらい優等生だな。作家に呼び出されれば二十四時間すっ飛んでいくんだろ。おまえ、編集部でもナンバーワンのまめさなんだってな」

「それが仕事だからな。編集者が作家のテンションを下げたら、なにもかも台無しだろ」

「作家の言うことをハイハイ聞いて、いい原稿ってのが本当にできてれば、雑誌は傾いてねえだろ。頭冷やして原稿を読んでるのか。外面がいいだけの編集者なんて無能だ」

容赦なく言い捨てられて返す言葉もないが、低く艶のある声は真実を言い当てている。

間隔の狭いスツールに隣り合って座っているせいか、時田が足を組み替えるたびに肩が軽く触れてくる。最初は偶然だと思っていたが、身体全体をもたせかけてくる時田の温もりに、しだいに意識が引きずられてしまう。

仕事の話をしている途中だ、と己を諫《いさ》めたのがわかったのか、時田はますます身体を預けてくる。

「あのな……、そういう態度は他人を勘違いさせるからやめろ」

「毎日、おまえらの雑誌を売り込むために外回りで疲れてる俺に、肩を貸してくれるのぐらい、いいだろ。減るもんでもねえし」

ふふっと笑う時田が顔をのぞき込んできて、さらに声を落とした。

「堅物の小林でも俺に勘違いしたいのか？」

「バカ言うな。そういうふうに他人をからかってると痛い目に遭うぞ」

「痛い目なんて、もう百万回ぐらい見てるっつうの」

「どんなのだよ」

たった今、時田の温かい身体を押しのけたばかりなのに、不穏な言葉を耳にして、――本当に痛い目に遭っているのか、と案じてしまうのが顔に出ていたのだろう。爽《さわ》やかでうっすらと甘さを残すフレグランスが香るほどに身体を寄せてきた時田が囁《ささや》く。

「小林も俺を試してみるか。どうせ、おまえ、暇なんだろ？　抱かせてやるよ」

「……時田！」

「べつにいいじゃねえか、一度ぐらい。おまえも俺も男好きってところは一緒だろ」

「会社だって同じだろ。俺は仕事と恋愛を一緒くたにしたくないんだ」

「誰が恋愛をしろって言ったんだよ。鬱陶しい。俺はセックスがしたいって言ってるだけだ。排泄《はいせつ》行為をそう重く見るなって」

くちびるを尖らせて細く煙を吐き出す時田を睨み据えた。仕事の話をしているときの時田は辛辣《しんらつ》だが、誰もが口にしたがらない厳しい事実をあえて告げてくれるぶん、信頼できる。しかし、いったんそこからずれると、どうにもたちが悪い男だ。

「……俺を軽く見てるのか」

「暇潰しをしようって言ってるだけだ」

「時田にとってセックスはそんなものなのか……、だから誰でもいいのか？」

「誰とやったって、たいして変わりない。男同士なんだから、お互いにちょっと触って気持ちよくなれりゃ、それでいいだろ」

「俺は――そういう考えは……」

「なに怖い顔してんだよ」

挑みかかるような目つきに怒りで声が掠れるのに、それ以上きつく言えないのは、時田自身に惹かれ始めている自分がいることをどうしても否定できないからだ。それに、ここで自分が抱かなければ、『誰でもいい』とその気になっている時田はそこらの男を適当に誘い、適当に抱かれて満足するのだろう。

——セックスがそんなものじゃないってことを、こいつに思い知らせてやりたい。

そういう考えは時田同様、あるいは彼以上に傲慢《ごうまん》かもしれないが、簡単な快感だけを優先した繋がりは小林がもっとも嫌うものだ。

挑発をさらりと受け流して、この場を去るか。それとも、真正面からぶつかるか。

時田を抱けるチャンスを摑んだというよりも、色香をふんだんに振りまく尻軽な男を放っておきたくないのが本音だ。

眼鏡を押し上げて、小林は深く息を吸い込んだ。淡いライトを弾いて、時田の瞳が危うく輝いているのを見たとき、過去の誰にも抱いたことがない、熱くどろりとした感情がこみ上げてくる。それはもしかしたら生まれて初めて知る、独占欲というものかもしれないが、実際に時田の肌に触れてみないことにはわからない。

——見かけ倒しの男かもしれないじゃないか。熱くなったほうが負けだ。

努めて頭を冷やそうと深呼吸を繰り返す間、片時も時田から視線をはずさなかった。

「わかった。うちに来い。ここからそう遠くないから」

ようやく覚悟を決めてその言葉を口にしたとき、ほんの少しだけ時田が驚いた顔を見せたことで、もやもやとしていた気持ちに踏ん切りがついた。

仕事相手に手を出さないという鉄則を破るからには、『誰とやったってたいして変わりない』という時田の思い込みを徹底的に崩してやる。


「……くそ、……小林、焦れったいことすんなよ……」

薄闇が広がる寝室で、ワイシャツの前を開いた時田がもどかしそうに腰をよじる。汗ばんだその肌に、小林はくちづけていった。必要以上に優しく、剝《む》き出しになった首筋に舌を這《は》わせると時田の息遣いが浅くなる。

「おまえ、ここが弱いのか？」

「……んなこと、どうでもいいだろ」

散々男遊びをしてきたわりには、敏感なたちらしい。時田自身が言ったとおり、互いに軽く触れるだけのセックスばかり味わってきたのだろう。

——だったら、と小林はちいさく笑いながら眼鏡をはずし、くちびるでの愛撫《あいぶ》を強めることにした。気持ちいいかもしれないが味気ないセックスしか知らない時田を徹底的に感じさせたい。

「ん……っ」

裸の胸に吸い付くと時田が我慢しきれずに声を漏らしてのけぞる。同い年の男にしては艶のある肌をしていて、触れば触るほど妖《あや》しく潤む。細身でも綺麗な筋肉がついていて、男を抱いているという手応えがある。

だが、いくら鍛えているからといっても、無茶をさせたくない。最初から深く繋がるのはやめておいて、時間をかけて、手とくちびるだけで愛することにした。

ちいさく尖る乳首を指でくびり出して甘嚙《あまが》みし、ときどき、きつく吸ってやった。最初のうちは反応が鈍かったが、しつこく舐《な》めしゃぶっているうちにふっくらと乳首が腫《は》れ、こりこりと淫《みだ》らな芯を孕《はら》んで突き出し、見た目にも淫らで、もっと触りたくなる。

「やめろ、そこ、くすぐったいんだよ……」

「そうか？　結構気持ちよさそうなのに。ちゃんと下も反応してるじゃないか」

「おまえな……」

とろんと目を潤ませている時田の艶やかな表情に、つい見とれてしまう。

――この顔をもっと見ていたい。

抵抗されながらもスラックスと下着を脱がしてやり、硬くしなるペニスに指を巻き付け、下から上へとゆっくり扱《しご》く。

「あ……っ、ぁ……」

ひくっ、と性器の先端を跳ねさせる時田は、丁寧な愛撫にまったく慣れていない。単純に下肢を触れ合って、気が向いたらアナルセックスもするというぐらいのものだろう。力ずくのセックスも気持ちいいかもしれないが、どちらかの身体の負担が重くなることを、小林も経験上知っている。

――時田を征服したいわけじゃない、見返したいわけでもない。でも、俺が他の男と違うことだけはわからせてやりたい。

「……っん、……いい、もっと……」

淫らに発情していく身体を優しく抱き締め、小林は顔をずらし、はち切れそうな熱を秘めたそれを喉奥まで一気にふくんだ。

「ん……あぁ……」

唾液《だえき》をたっぷり絡めた肉厚の舌での奉仕に、時田の喘《あえ》ぎがせっぱ詰まってきた。じゅるっと啜り込むたびに身体をバウンドさせる時田を押さえつけ、ひくつく先端の割れ目に舌先を抉《えぐ》り込ませた。なめらかな割れ目の奥を舌で愛撫されるのは初めてらしく、驚いた様子の時田が腰を引こうとするが、それを察して両手で摑んで引き戻した。

「な、っ……小林……っ、やめろバカ！」

とろりと濃い蜜《みつ》をこぼす男にバカと言われて誰がやめるか。輪っかにした指で性器の根本を締め付け、口内の上顎の柔らかな部分に亀頭を擦り付けさせ、時田の形や弾力そのものを存分に味わう中、小林もいつになく行為に没頭していた。

それまで身体を重ねてきた相手とは、交互に気持ちいいところを探し出す時間というものがあった。小林はもともと奉仕するのが苦じゃなかったけれど、最終的には互いに達して満足していた。

けれど、時田を相手にしている今夜は違う。

互いの身体から立ち上る汗の匂《にお》いとフレグランスが混ざり合って意識を刺激し、時田を感じさせるだけでもよかった。普段つっぱねてばかりの時田の、演技ではない、濃密な愛撫に溺《おぼ》れていく本気の表情を見られただけでも十分満たされる。

「――ん、ん、あ……小林、いく……っ」

強く髪を摑んできて絶頂に達する声を耳にした瞬間、獰猛《どうもう》な欲望があらわになりそうなのを懸命に抑え込んだ。

今ここで抱き寄せれば、時田はたいした抗《あらが》いもなく自分を受け入れたかもしれない。けれど、一度味わってしまえば、きっとすぐに飽きてしまうだろうし、全部を知るなら自分にももっと余裕が欲しい。

語尾が淫猥《いんわい》に掠れた声を絞り出すとともに時田が小刻みに身体を震わせ、小林の口の中にどくっと吐精し始めた。

濃くて量の多いそれを飲み干し、残滓《ざんし》も綺麗に舐め取ってからようやく身体を起こし、力なく瞼のあたりを腕で覆っている時田に清潔なタオルを放ってやった。

「……おまえは、いいのかよ」

時田のくぐもった声に、小林も汗の浮かんだ胸をタオルで拭《ふ》き、シャツを羽織りながら頷いた。

「うん、俺はいい」

「我慢、してんじゃねえのか」

「そうじゃない」

「……じゃ、俺を見てこれっぽっちも欲情しなかったのかよ！」

たった今、達したばかりで息も切れているのに、時田の勝ち気さはそう簡単に折れるものではないようだ。つい吹き出してしまい、「ごめん」と言い足した。

「時田は本当に色っぽいよ。俺もあとちょっとで……」

ヤバそうだったという本音を隠すと、時田が不満そうに、「なんだよ、言いかけてやめるな」と言う。

「今日は、俺もおまえも、抱き合うのは初めてだろ。なんとなく時田が俺を受け入れてくれそうな雰囲気だったけど……、いきなりそこまではできない」

「なんで。どうして。遊びだって割り切ればいいじゃねえか」

自棄気味な言葉がやけに痛くて、はっと目を瞠った。

遊びだと割り切りたくないから、今夜は勢いに任せて最後までしなかったのだ。

——時田に触れて、俺は本気になったっていうのか？　顔が綺麗で、口が悪くて、でも頭が切れる時田は仕事上のパートナーとしてなら最高だろうけど、恋愛関係を求めたら絶対に面倒がられる。遊び好きな時田にとって、俺みたいな、一人に焦点を絞った愛し方は重荷のはずだ。

煩悶《はんもん》する小林に気づいているのかどうだか知らないが、時田はまだふてくされた様子でごろごろと寝そべっている。今夜初めて小林のマンションに足を踏み入れたというのに、呆れるほどに態度がでかい。しかし、そのふてぶてしさが重苦しい胸の裡《うち》を一瞬だけ忘れさせてくれる気がして、小林は気を取り直し、「水でも持ってこようか」と立ち上がり、淡いベッドランプをつけた。

そこで初めて、時田の均整の取れた裸身を直視して当たり前の気恥ずかしさを覚えると同時に、彼の身体のそこかしこに残る痣《あざ》を見てしまい、ぎょっとした。

「なんだ、これ……。俺がつけたのか？」

時田の二の腕や鳩尾《みぞおち》、脇腹に無数の引《ひ》っ掻《か》き傷と痣があるのを認めて真顔で問いただすと、時田は面倒そうに頭を振る。

「違う。おまえのせいじゃない」

「じゃあ、誰かに乱暴されたのか」

「男とつき合ってるといろいろあるんだよ」

「いろいろって……おまえ……」

ぞんざいな言い方にはさすがに言葉が見つからない。

ついさっきまで腕の中にいた身体に、激しい暴力行為の痕《あと》があるとはまったく知らなかった。見たところ、どれも比較的最近できた傷のようだ。快感を高めるための傷ではないことぐらい、小林にもわかる。

もしも知っていたら、抱くどころの話じゃない。その気も失せて、病院に行くことを強く薦めていたはずだ。

「病院、行かなかったのか?」

「骨が折れたわけじゃないしな。そんなに鬱陶しい顔すんなよ」

「……おまえ、今、つき合っている男はいるのか?　そいつがわざとこういうことをするのか。それとも、行きずりで寝た奴にやられたのか」

「うるせえな。せっかく気持ちよくイッたあとなんだからギャーギャー言うんじゃねえ」

腕を振り払われ、なすすべもない。さっさと立ち上がる時田はシャツを羽織り、傷を隠してしまう。それから振り向きざま、鋭い視線で射抜いてきた。

「俺がどこでなにしようと、小林には関係ねえだろ」

「ある」

「ああ?」

「関係あると言ったんだ。あちこちの男と寝るのがおまえの勝手だって言うなら、俺がおまえを心配するのも俺の勝手だろ」

　ここまで来たら、引き下がりたくない。

　自分でも強引でお節介なのは重々承知している。けれど、あんなむごたらしい傷をもたらすセックスを時田が好んでするとはどうしても思えないのだ。彼自身が、『気持ちよくイッた』と言ったばかりだ。きちんと手順を踏むセックスを知らないだけの話だろう。

「ふざけたこと言ってんじゃねえ」

　時田のまなじりがぎらりと吊り上がる。

「おまえみたいな親切の押し売りが一番厄介なんだよ。……小林とのセックスはまあまあよかった、だけどそれだけの話だろ」

「もっと、って、エロい声で続きをねだったのは誰だ？」

　少し前の痴態を時田も思い出したらしい。顔を真っ赤にし、そばにあった枕を思いきり小林の顔面に叩きつけ、足音荒く部屋を出て行った。

　一度肌を重ねたら、時田《ときた》との関係は予想以上にこじれてしまった。社内で顔を合わせても目を合わさず、話しかけようとしたところで早々に立ち去られてしまう。

　心配でたまらなかった。社内で見る時田は暴行を受けているなんて露とも想像させない笑顔を貫いているが、今もまだ傷は癒《い》えないのか、まさか増やし続けていたらどうすればいいんだと思い悩んだが、当の本人が頑として口を割らないので、小林《こばやし》としても一線を越えられずにいた。

会社がダメなら、『キブラ』で会ったときに話したいと思ったのだが、時田もバカじゃない。今、小林に接触したら根掘り葉掘り問いつめられるとわかっていたようで、夜の街にも一切姿を現さなかった。

気が合わない同期と、一夜だけの短い関係を持っただけ。

潔くそう切り捨ててしまえば楽なのだが、時田だけが持つ仕事の勘の鋭さとは裏腹の、丁寧に触れればもっと甘く蕩《とろ》けるはずのあの表情と身体の熱が忘れられない。

「俺もたいがいしつこいよな……」

ため息をついたものの、矢のように飛び去っていく日々の中で時田を想うことだけに徹しきれなかったのは、幸か不幸か。『小説央剛《おうごう》』の部署内でも、現状維持はもはや無理だという声は日に日に高まり、上層部の強い判断もあって、言を左右にしていた編集長の橋本《はしもと》みずから重い腰を上げ、大々的な誌面リニューアルをはかることになっていた。

時事ネタを扱う雑誌のリニューアルならともかく、作家という個性を生かす雑誌の方向性を大きく変えるのには相応の時間が必要だと橋本は最後まで渋っていたが、上層部がそれを許さず、早期の路線変更を迫ってきた。現場にいる副編の三澤《みさわ》や小林もある程度は覚悟を決めていたので、『三か月後には誌面を刷新するように』という上からの命令に、顔を引き締めて頷《うなず》いた。

今さら、橋本にやる気を求めても無理だ。会議を重ねていく中で新たな雑誌の舵取《かじと》りをするのが、段取りを組むのが早く、馬力もある副編の三澤であることを、部署内の誰もが暗黙のうちに了解していた。

本来、権限を持つ橋本はどの会議に呼ばれてもだんまりを決め込んでいた。環境が変わることを、橋本は恐れているのだろう。

小林とて、今までやってきたことが通用しなくなるという場面に直面してまったく動じないわけではないが、冒険しない仕事に新しい楽しさはないと言い切れるだけの若さがまだあった。

「コバ、おまえんところの作家にはリニューアルの話、伝えたか」

隣の席に座る三澤に聞かれて、頷いた。

「はい、だいたいは。でもまだ、大御所の先生が残ってます」

時田と会いたい、だが仕事も重要な局面を迎えているという状態で、どっちを取るかと言ったら今の小林は仕事を選ぶしかない。

——そもそも、時田を選びたくても、あっちが俺をはねつけてるじゃないか。つけいる隙《すき》を探したくても、営業のあいつは日中、外に出ていることが多いから、なかなか捕まえられない。

「柔軟に対応してくれる先生は助かるけどよ、長年一線を守ってきたって自負がある頑固な先生もいるんだから早めに相談しろ」

「ですよね。……早急に対応します」

無意識に時田のことばかり考えてしまう自分をなじり、小林は気を取り直してスケジュール帳をぱらぱらとめくった。

話をつけたい作家は、あと二人いる。一人は地方住まいのため、おそるおそる電話をかけ、事の次第を切り出したところ、当然ながら驚いていたが、『バブルも弾けちゃって、不況の時代だしね。なんとか頑張ってみます』と頼もしい返事を聞かせてくれた。

最後の一人は、この間、古地図を探してほしいと依頼してきた古株の作家、村下《むらした》だ。東京《とうきょう》の下町に住んでいるので、小林は意を決して直接会いに行くことにした。村下に電話をかけてみると、幸い、今日は家にいるらしい。『後ほど伺います』と約束して電話を切ると、フロアの入り口あたりから大きな笑い声が聞こえてきた。

自信たっぷりな声に、三澤がかすかに顔をしかめ、「あー……、めんどい奴が来た」と呟《つぶや》く。顔には出さなかったが、小林も三澤と似た気分だ。楽しげな声はあちこちの部署を回り、フロア最奥にある『小説央剛』にもだんだんと近づいてくる。

「よっ、お疲れさま。ちょっと近くまで来たから、挨拶《あいさつ》に来たんだ」

「笹塚《ささづか》さん、お疲れさまです。お忙しいでしょうに、わざわざありがとうございます」

少し前までの渋面が嘘《うそ》だったかのような笑顔で三澤がさっと立ち上がったので、小林も同じく一礼した。

「いやもうホント、シャレになんないぐらい忙しいんだけどさ、こうやってたまには外回りしないとみんなに忘れられそうだから」

笹塚は三十代後半のカメラマンで、今、業界でもっとも売れていると噂《うわさ》される一人だ。旬の女性アイドルや女優の魅力を最大限に引き出す腕を持ち、央剛舎だけではなく、他の大手出版社からのオファーも数多い。

小説がメインの『小説央剛』でも、ときどき、作家のインタビュー記事で著者撮影を依頼することがあるため、笹塚とも繋《つな》がりがあるのだ。

若くして成功した笹塚は洗練された容姿で笑顔を絶やさない。一見取っつきやすそうだが、一度でも彼と仕事を組めば、その微笑《ほほえ》みはあくまでも仮面だということを痛いほどに知ることになる。

撮影現場は笹塚の独壇場で、自分自身が売れていることをこれっぽっちも隠さない。アシスタントを顎《あご》でこき使い、スタイリストやヘアメイクアーティストといったスタッフにも暴言を吐く。ときにはその矛先が、雑誌編集者に向かってくることもあるぐらいだ。

『あの程度のモデルを俺に撮らせるの？』という軽蔑《けいべつ》混じりの笑いを、小林も三澤も、他部署の編集者も一度は耳にしている。だが、今のところ、笹塚以上に被写体のいい表情を切り取れるカメラマンはなかなか見つからない。嫌な奴だとわかっていても、笹塚の写真が掲載された雑誌はかならず売れるのだ。

「ま、『小説央剛』みたいな地味な文芸誌じゃ俺の出番もそうそうないだろうけどさぁ、なんかあったら声かけてみてよ」

「はい、ぜひよろしくお願いします」

笹塚の嫌みを軽く流した三澤とちらっと目が合い、小林もなんとか笑顔を保った。

笹塚が自分をまったく視界に入れていないことは、はなからわかっていた。彼は、格下の人間に興味を示さない性格だ。しかしそんな屈辱よりも、笹塚の言葉自体が痛い。

――地味な文芸誌、か。

カメラマンの笹塚から見ても、この雑誌はやはり人目を引かないのだと思うと、悔しさと情けなさが複雑に入り混じる。

雑誌は自分一人で作れるものではない。三澤クラスにもなれば、ある程度意見をとおすこともできるだろうが、今の自分にはまだそれだけの力や地位がないのだと思うと胸が痛い。

これまで一編集者として順調にやってきて、あからさまな出世欲を抱いたことはないが、笹塚のストレートな言葉に胸が揺さぶられる。会社という組織の中で、自分のやりたいことを本気で貫くには相応の権力が必要だ。実行力は当然ながら、人望がなければたとえ上級職になっても部下がついてこない。橋本編集長ではなく、副編集長の三澤の言うことにみんなが頷く現状がいい例だ。

どうでもいい噂話や自慢話を続けている笹塚に失礼がないようにそっと頭を下げると、三澤が『わかった』とでも言うように軽く目配せしてくれたので、ありがたくその場を離れ、作家の自宅へ向かうことにした。

社外に出たところで、鬱屈《うっくつ》した想いを吐き出すように真っ青な夏空を仰ぎ見たときだった。ちょうど外から戻ってきた時田と鉢合わせし、互いに思わず足を留めた。

「時田……」

気まずそうに顔をそらす時田に、傷はもう大丈夫なのか、と聞きたいのをぐっと堪え、小林は穏やかに笑いかけた。会社の玄関脇で話すには、あの話題はナイーブすぎる。

「これからリニューアルの件について、作家と話し合ってくる。かなり厳しい先生だからガチでぶつかるかもしれないが、なんとか頼み込んでみるよ」

「その作家、誰だ」

名前を告げると、無表情の時田が、「ああ、うん、わかった」と頷く。

時田がまともに返事してくれたのは、喧嘩《けんか》別れみたいになってしまったあの夜以来だ。

「……村下先生か。一番難しい手合いだな。実力派なのは認めるが、作風が全然変わらない。おまえ一人で説得できるのか？」

「やる。どういう結果になるにせよ、この山を乗り越えないと、ウチは倒れるからな」

うつむいた時田はくちびるを嚙《か》んでいる。ふいに、強い視線を交えてきた。

「俺も一緒に行っていいか」

「時田が？」

「営業部の人間が作家本人に会うことはほとんどない。面倒だから、俺の身元は明かさなくてもいい。最近編集部に異動してきたばかりの奴で、部署名が入った名刺が間に合わないが、先生に一度会わせたかったとか、教育のために連れてきたとかなんとか、うまいこと口裏を合わせろ」

「それはなんとかできると思うけど……。でも、なんでまた作家本人に会いたいんだ」

「村下先生が書く話は俺も好きなんだ。それと、小林がどういうふうに作家に対応するのか見たい。わかったか。わかったら、さっさと手みやげを買って行くぞ」

「あ、……ああ、うん」

踵《きびす》を返す時田と肩を並べ、村下の自宅へと向かった。

道すがら、ずっと時田は口を閉ざしていたが、村下と顔を合わせた瞬間、明るくそつのない笑顔を見せた。

「先生の小説は以前からずっと拝読していました。お会いできて光栄です」

社交辞令だとしても、編集者に深々と頭を下げられて村下も悪い気はしなかったのだろう。

「とりあえず、中に入りなさい」と小林たちを招き入れ、冷たい麦茶を出してくれた。しかし、今日の話題が、『小説央剛』の路線変更だと知ると一転して険しい表情になった。些細なことでも妥協を許さない彼が機嫌を損ねるのは小林も想定していた。

「突然の話で、とまどわれることは重々承知しています。ですが、先生のお力を借りて、『小説央剛』は、もっと幅広い読者を獲得できる雑誌に変わりたいと考えています」

「つまり、なんだ？　売り上げを伸ばすために、私の書き方も変えろということか」

「おっしゃるとおりです」

「冗談じゃない。作家をなんだと思ってるんだ。路線を変えろと言われて、そう簡単に変えられるわけがないだろう。侮辱するな」

尖《とが》った声を吐き出す村下がソファにふんぞり返り、忌々《いまいま》しそうに煙草をふかす。向かい合わせに座った時田は、生真面目な顔を貫いている。

ここが正念場だと小林は感じていた。

実際のところ、雑誌の路線変更について、作家の誰もがこころよくオーケーしてくれたわけではない。目の前にいる村下と同じく、『雑誌の傾向を変えるために、作家まで変わらなきゃいけないなんてバカな話は聞いたことがない』と憤った者もいる。

「私自身、先生の担当につくことができて真っ先に原稿を拝見できる立場にあることを嬉しく思いますが、同時に、これが仕事で、商売であることも強く意識しています」

「商売とは……、ずいぶん卑しい言い方をするじゃないか。書く苦しみを知らないからこその言葉だな」

歳下の編集者である小林の大胆な発言が、村下の神経を逆撫《さかな》でしたようだ。ぎらりと睨《にら》まれたが、小林も引かなかった。

「先生とまったく同じ苦しみを感じることはできないかもしれません。先生からお預かりした原稿は何物にも代えられません。だからこそ、世界観や登場人物について注文を出す場合があります」

「それが編集者の特権だとでも言いたいか」

「すべては一人でも多くの読者に先生の作品を読んでもらいたいためです。先生がゼロから生んだ作品を、さらに磨きをかけて市場に出していくのが私たち編集者や営業部、出版社の社員としてのなすべきことです」

「磨きをかける？　若いくせに大層なことを言う。私の作品が鈍いとでも言いたいのか？　もう売れないとでも嫌みを言うのか？」

「先生が現状維持を続けたいとおっしゃるなら、その可能性はおおいにあります。同じような話ばかりを読みたがる読者はそう多くありません」

「バカにするな！」

怒声とともに、ばしゃっと麦茶を顔に引っかけられた。

「……小林！」

顔中真っ赤にして立ち上がり、怒りに震える村下と、頭からぽたぽた滴を垂らす小林を交互に見た時田が、急いでハンカチを押しつけてきた。

ここまで熾烈《しれつ》な言い争いになるとは彼も思っていなかったのだろう。彼にしては珍しく慌てた表情がやけに胸に残ったが、ともかく、「ありがとう」と小声で礼を言い、濡《ぬ》れた顔や髪を軽く拭《ぬぐ》った小林は、再び村下と正面から向き合った。

最後に話し合うことになる相手だけに、小林もさまざまなことをシミュレートしてきた。ひどい言い合いになっても、摑《つか》み合いの喧嘩になっても、この勝負だけには負けたくない。

時田と同じく、彼の書くものに惚《ほ》れているのは事実である反面、いささかマンネリ気味になっていることは否めない。過去、何度かその点を指摘してきたのだが、のらりくらりとかわされ、今に至るのだ。村下がなかなか耳を貸さない頑固気質だとしても、編集者である自分がうまく立ち回れなかったせいだと恥じている部分も確かにある。

この話し合いは作家の将来を左右すると同時に、小林の編集者としての能力を見極める、いわば、自分の限界に挑戦するものでもあった。

麦茶に口もつけず、ぎりぎりまで張りつめた緊張の糸を緩めることもしなかった。核心に突っ込むのは、まさにここからだ。

「先生の書いた話を売るのが私たち出版社の仕事です。ですが、儲《もう》けたい一心で言っているのではないことは、どうかわかってください。先生だけが創り出せる世界があることを、私も会社も信じています。小説や漫画や映画という娯楽から受ける楽しさや夢を、狭い範囲で終わらせたくないから、磨きをかけるという言い方をしました」

「だとしても、言い方というものがあるだろう……」

「率直に申し上げたほうが誤解を招かないと思いました。先生はすでにベテランの作家です。長年この世界で生き抜いて、底力がある方だからこそ、新しい変化もできると信じてお願いに参った次第です」

落ち着いた声の小林に、村下は気が抜けたように、すとんと腰を下ろす。小林の言葉に、偽りも媚《こ》びもないと悟ったのだろう。長々とため息をつく。

「率直すぎるのにもほどがあるだろうが」

怒りをとおり越して呆《あき》れた声になったのを見逃さず、小林は眼鏡をかけ直して微笑み、頭を下げた。

「無礼を承知でお願いします。『小説央剛』の再起に、先生のお力を貸してください」

「再起、か。もっと聞き分けのいい若い奴に頼めばいいことだろうに……」

村下は煙草をくわえたものの、物思いにふけっているせいか、なかなか火を点《つ》けない。

「若手作家は自分のカラーを模索することで精一杯です。先生ぐらい豊富なご経験がないと、今回のような難題はお願いできません」

「きみ自身、難題だと承知しているのか?」

「もちろんです。最悪の場合は、先生が央剛舎では二度と書かないとおっしゃるかもしれないということも考えました」

「私に路線変更を強いてでも書かせたいのか。どうしてだ？　作家によっては、こんな強引なやり方を突きつけたら潰《つぶ》れる者もいるぞ」

「それは――仕方ありません。残念ですが、中にはそういう方もいらっしゃるでしょう。でも、先生ならきっとやってくださると」

「信じてた、と言うのか。全部、そういう綺麗事ですませるのか？　小説でもあるまいに」

「いいえ、本心です。先生の書く小説をこれからも真っ先に読んで世に出し、読者に楽しんでほしいとこころから思っています」

「……それがきみの言うところの商売で」

「大事な仕事です」

きっぱり言い切ったところで、自然と微笑むことができた。

激しい言い合いの中で、知らずと育まれた度胸と粘り強さが、小林に自信を与えてくれた。

作家に媚びるだけが仕事じゃない。ベテランだろうと人気作家だろうと、一編集者として思うところがあれば、相手の腹を探りつつも、言うだけ言ってみる気の強さがなかったら、この仕事は務まらない。

――橋本編集長のように衝突やリスクを恐れているばかりじゃ先に進めないことを、俺や三澤さんは知っているんだ。

時田は、といえば、口を挟む立場でないとわかっていたのだろうが、怒濤《どとう》の展開に呆気《あっけ》に取られている気配が伝わってきた。

重苦しい沈黙がかなり長いこと続いた。

それを破るように村下が両膝《りょうひざ》をパンと強く打ち、立ち上がる。

「……きみの言い分は、ひとまずわかった。今すぐ、この路線やあの路線にしようという案は出ないが、……考える」

「考えていただけますか？」

「そうしないと、きみのところの雑誌も、私も沈没するんだろう？　それは私も避けたい。……私だって、読者に読んで楽しんでもらえることがなにより嬉しい。この数年、作風が衰えてきたとか、駄作だという噂も耳にしていたが、モチベーションが落ちるのが嫌で、出所の怪しい噂は遠ざけるようにしていた」

「そうでしたか……。でも、それは正しいご判断だと思います」

「私には今後も書いていきたい話がある」

しかめ面《つら》から苦笑いに変わる村下の目には、まだ若干の迷いや不安が浮かんでいるが、真剣な光も確かに見受けられる。

腹をくくったらしいことは声音でわかった。

「考える時間をくれ。今書いている話に新しいテイストをつけ加えられるかどうか、検討してみたい」

「ありがとうございます」

必死に求めていた答えにようやく辿《たど》り着いた嬉しさにじわりと胸が熱くなり、小林は深く頭を下げた。隣で時田も同じように頭を下げている。

早くも構想を考え始めているらしい顔つきの村下と、「案がまとまり次第、早急に連絡をしてほしい」と約束を取り付け、辞去することにした。

外に出たとたん、時田が緊張の糸を解くように夏の夜空に向かって大きく息を吐き出す。

「……小林も言うときは言うんだな。途中で、先生に殴られるんじゃないかって何度もはらはらした」

「うん、まあ。でも、うまくいってよかったよ。自分でもびっくりしてる。顔に引っかけられたのが熱いお茶じゃなくて助かった」

ぶらぶらと隣を歩く時田が軽く笑う。それから、優しく睨んできた。時田のそういう目遣いを見るのは初めてで、不覚にもどきりとしてしまう。

「同席させてもらえてよかった。営業部の人間が作品作りに関わっていることを代弁してくれたことも、嬉しかった」

「嬉しかった……、ってホントか？」

「ああ。広告会社や商社だと、営業ってのは花形の人気職なんだけどな。出版業界の主役はやっぱり編集者だろ。作家にとっても営業部の人間はあんまり見えてない。だから俺自身、ちょっといろいろ考えるところがあったんだけどよ……」

首を傾《かし》げた時田は遠くを見つめるような目で、次の言葉を探していた。

「……作品に磨きをかけて世に出すのが出版社のなすべきことだ、って小林が言ったことで、本を出す現場に俺もいるって実感した。俺の仕事も無駄じゃないんだって、やっと納得できたよ」

自分に言い聞かせるような声の時田が、ふいに視線を合わせてきて花が開くように笑う。なんの打算も駆け引きもない笑顔に小林は言葉もなく、ただ見とれていた。

今まで見た笑顔の中で、一番綺麗だ。

「サンキュ、小林。俺はこのあと書店に寄るから、ここで別れよう。また会社でな」

手を振って駅で別れた時田の背中が見えなくなるまで、小林は立ち尽くしていた。

大きな勝負の場で、怯《ひる》まない、恐れないという強さの切れ端を摑むことができた。

そして、固い殻に閉じこもっていた時田の本当の笑顔を見て、完全に恋に落ちたことを確信した。

八月も過ぎて九月のなかば、本格的な誌面刷新のために奔走する日々の中で、小林たちは、新しい読者層を摑むために、短編の書き下ろしを集めた試し読み企画を行った。社内だけでは意見が偏りそうだったので、無料の冊子を作り、つき合いの深い書店に話を持ちかけ、店頭配布を組み込んだ央剛舎のミニフェアを急遽《きゅうきょ》行うことになった。『小説央剛』の編集者は全員参加し、他部署でも手の空いている者に協力してもらうことになった。広告部や営業部からも「手伝う」と手が挙がった。その中の一人に、時田もいた。

「ただ冊子を配るだけじゃ話題性に欠ける。サイン会やなにか、他にもプラス要素があったほうがいい。せっかく書店でやるんだから、大勢の目に留まる企画をやろう」

そう言い出した時田に編集部全員が頷き、早速アイデアを出し始めた。時田が参加してくれるという思ってもみなかった嬉しさに後押しされ、小林は早速、ベテランの村下にサイン会の打診をしてみた。

『今さら人前に出るのは恥ずかしくてかなわん』と渋る村下を説き伏せ、オーケーをもらったあたりから、物事は一気に加速した。

手書きが当たり前だった原稿がワープロやパソコンで誰でも簡単に書けるようになり、いずれは原稿も電子メールでやり取りできるようになるという、オールデジタル時代を目前に控え、誰もが期待と不安を抱いていた。

小林もその一人で、フェア準備に勤《いそ》しむある晩、時田に揺れる胸の裡《うち》を明かした。

「いずれ、作家本人と一度も顔を合わさずに仕事する時代が来ると思う。でも、無料冊子の手渡しや、時田が今回提案してくれたようなサイン会とか……読者や作家の息遣いがリアルに感じられる機会は減らしたくない」

「ふん、相変わらずくさいこと言ってるな」

「本当にそう思うんだって。デジタル作業が自然になったら多くのことが便利になる反面、人の心が見えなくなったり、失ったりすることも増えるはずだ。俺は出世しても、この現場の空気を忘れたくないよ」

「出世？　ずいぶん気が早いことを言うじゃないか」

「そりゃまあ、一応、会社員だからな。いつまでもヒラでいようとは思ってない」

「権力を振りかざしたいか？」

「自分が信じる道を今の会社で切り開くためには、出世しないとダメだ。最近、よくそう思うよ」

「……ホント、おまえはいつまでも青いこと言ってるよなぁ……」

刷り上がったばかりの無料冊子を確かめていた時田は呆れたように笑っていたが、軽蔑《けいべつ》の空気は感じなかった。

書店でのミニフェアは一週間。毎日数人の編集者や社員が交替で書店に立ち、来る客に小冊子を配り、生の意見を聞かせてもらったりしたのは誰にとっても初めての経験で、新鮮だった。

小林は時田と組んで、同じ時間帯に書店に立った。「無料です、どうぞ読んでください」と渡した冊子を喜んでもらってくれる客もいれば、まったく無視する客もいた。『小説央剛』のことを知っている客、ファンだという客、まるで興味がないという客もいて、嬉しい意見と同じぐらい耳に痛い意見も聞き、毎日時田とあれこれ話し合い、メモを取ったりした。

村下のサイン会はありがたいことに盛況だった。一度もサイン会というものをやったことがない作家だけに、最初はしきりに謙遜《けんそん》し、『サインを欲しがる客なんて来ない』とまでごねていた。だが、事前に入念な告知をしたおかげで予想以上に客が集まり、サイン会の当日、書店の一角は結構な賑《にぎ》わいを見せた。それに惹《ひ》かれてのぞきに来てくれる客がいたのもよかった。

メインである小冊子も、反応は上々だった。

サイン会を無事に終えた村下の書き下ろし短編が想像以上に高評価を得たのが、嬉しい結果だった。村下には一定の固定ファンがついているが、多くの伏線が張り巡らされた長編が多いため、手を出しにくいと思っている読者がいるのも事実だと小林も感じていたから、『一度、短めの話を書いてみませんか』と提案した。歴史小説の短編はかなり難しいが、ベテラン作家の意地を見せてくれた。

戦に負けて追われている最中の傷だらけの武士が、敵陣の中にある峠の茶屋で働く娘に救われ、一夜かぎりの恋に落ちるという話は人情味にあふれたもので、徹底的に資料をあたる村下の普段の作風とは一風変わっていた。史実を追うだけではなく、誰もが共感できそうな情けと恋愛感情を絡めたのがよかったのだろう。『続きが読みたい』という声が驚くほど多く届いた。

村下の新しいチャレンジを、時田も心底喜んでいた。

「ここ最近読んだ中でも、あれが一番おもしろい」と真顔で言い、村下本人にサインをねだっていたのが小林にとっても嬉しかった。

アイデアを出すだけなら、誰でもわりとできることだ。だが、それを形にし、大勢の人に見てもらうためにはまったくべつの力が必要になる。

「今回のフェアが成功したのも、時田のアドバイスや、営業部や広告部の協力があったからこそだよな。俺たち編集部だけじゃ、どうにもならなかったと思う。ありがとう」

フェア成功を祝う大勢の打ち上げの席で隣り合った時田に礼を言うと、珍しく時田も、「まあな」と素直に頷いていた。

「いくら俺たち営業部が『売り上げを伸ばしたい』って訴えても、おまえたちが作家と信頼関係を築いていなかったら、今回みたいなことは絶対にできなかった」

「そうだな。結局大事なのは、絆《きずな》だよな」

「恥ずかしいことを堂々と言うんじゃねえよ。……でもまあ、今日のところは気分がいいから許す。乾杯だ、小林」

「ああ、乾杯」

新しいモノ作りの現場へ向かっていこうと、二人そろって笑顔でグラスを触れ合わせた。

以前より、時田との距離がぐっと縮まったことも嬉しくて、プライベートでも会ってみたいという思いは日増しに募っていった。

しかし、ミニフェアが成功したあとだけに、この冬は一層売り込みに力を入れるという営業部は、日中はほとんど無人になってしまった。

当然、時田も書店回りをしていて、社内で顔を合わせるのはもはや偶然に懸けるしかなかった。

どうしても、時田と二人きりで話がしたかった。彼の厳しい言葉がなかったら、小林も雑誌の方向転換にここまで本気で向き合えたかどうか、わからない。それに、もう一つ。今さらどの面《つら》を下げて言うのかと自分でも相当頭を痛めたが、時田が好きだという想いは日に日にふくれ上がっていく。順番をうっかり間違えて、先に肌に触れてしまったことを時田はとっくに忘れているかもしれないし、覚えていたとしても一時の暇潰しと捉えているかもしれない。

――本気で好きだと言ったら信じてもらえるだろうか。信じてもらえたとしても、遊び好きなあいつは『面倒だ』と背中を向けるかもしれない。

思い悩む日々が続いたが、とにもかくにも顔を合わせたら、まずは礼を言おうと心に決めた晩、早めに仕事を切り上げることができたので、久しぶりにバー『キブラ』に立ち寄った。

「あーら、コバちゃんお久しぶり～。最近ずっと忙しいの？　なかなか来てくれないじゃないのよう」

「ごめんごめん、仕事がちょっと立て込んでるんだよ。……あのさ、時田の奴、最近店に来てる？」

　九時を回ったばかりの店内は数人の客しかおらず、のんびりした雰囲気だ。ぐるりと見回す小林に、耀子《ようこ》ママがビールを出しながら、「ううん」と首を横に振る。

「コバちゃんと同じぐらい、見てないかな」

「他の店で遊んでるとか……なんかそういう噂は聞く？」

「聞いてないなあ。ナニよ、どうしたのよ、時田くんのこと意識しちゃってんの？」

「いや、そういうわけじゃない。ただ会社でいろいろ世話になったから礼を言いたいんだけど、なかなか捕まえられないんだ」

「ホントにそれだけー？　お礼を言いたいだけの人にしちゃ、ちょっとせっぱ詰まってる顔してるけど」

　ニヤニヤする耀子ママの勘の鋭さには勝てないなと苦笑し、ビールグラスを摑んだときだった。店の扉が重い軋《きし》みを立てて開いたので、小林も耀子ママも釣られてそっちに目をやった。よろけるように入ってきた人影を見た瞬間、呑《の》みたい気分もなにもかも吹っ飛んだ。

「――時田！　どうしたんだ、その顔！」

「ヤダ、誰にやられたのよ！」

　小林と耀子ママが大声を張り上げるのも無理なかった。足下がふらつく時田の口元は切れ、頰《ほお》も腫《は》れて血が滲《にじ》んでいる。ジャケットやネクタイもぐしゃぐしゃで汚れていた。

「……ちょっとトラブッて、逃げてきた。わりぃけど、匿《かくま》ってほしい」

話すのも苦痛らしい時田が激しい暴行をどこかで受けてきたのだと一目で見抜いた小林や馴《な》染《じ》み客は全員驚き、耀子ママが指示するとおり、店の控え室に彼を運び込んだ。狭いけれど綺麗に片付いた控え室のソファに寝転ぶなり、時田がほっとため息をつくが、青白いその顔に、小林は気が気じゃなかった。

ママがいくつも用意してくれたおしぼりで、時田の傷口を拭ってやった。腫れた部分に冷たいおしぼりをあててやると、時田は苦痛と安堵《あんど》が入り混じった息を吐き出す。

様子が落ち着いたところでママが目配せし、「なんかあったらすぐに呼んでね」と、小林と時田の二人きりにして控え室を出て行く。

つらそうにしている時田を手伝い、ワイシャツの前を軽く開けたところで息を呑んだ。胸や腹、いたるところに痛々しい打撲の痕《あと》が広がっている。顔よりも、服で隠れる場所を重点的に殴られたようだ。

「骨を折ってるとかヒビが入ってるとかしてないか」

「それはない。折ってたら自分でもわかる」

不吉な言葉に、小林はおしぼりを替えながらも顔をしかめた。

「こんな怪我《けが》をするのは初めてじゃないよな。前も……痣《あざ》をずいぶん作ってただろ。つき合ってる相手にやられたのか」

「まあな。……今回は俺も相手を見誤った」

「どんな相手なんだ。絶対に口外しないから教えてくれ」

「なんで。おまえに言ったら解決すんのか」

「時田が心配でたまらないんだよ」

真面目な声に、瞼《まぶた》がかすかに腫れた時田がちょっと目を瞠《みは》り、痛みに呻《うめ》く。

「こんなにひどい傷を与える奴が、時田は好きなのか。どうしても別れられないのか」

「……好きじゃない。お互い遊びのつもりで、最初はこんなんじゃなかった。でも、だんだんひどくなってきてさ……さすがに俺も身が保たないから別れたいって言ったら、めちゃくちゃ殴られた」

「誰なんだ、そいつ。俺でも知ってるような男か？」

惑う時田が二度三度口を開いては閉じる。それから長々と息を吐き出した。

「誰にも言うなって釘《くぎ》を刺されてんだよ。言えば俺の勤め先にバラすって。そいつ、おまえのことも知ってるんだ。……一度だけ、俺たち、寝ただろ。その前に立ち寄ったバーに、たまたまあいつもいたんだ」

「あのバーに？　ホントか？」

「ああ。常連中の常連だから、他の客の目にはつかないシークレットボックスで呑んでて、俺たちを見かけたらしい。俺や小林がゲイだってバレたら、お互いにヤバいだろ」

「おまえ……なんでそんな大事なこと、今までずっと黙ってたんだよ」

「小林を巻き込みたくなかったんだ。俺はこんな性格だから、自業自得だ。でも、おまえは違うだろ。真面目だし、会社での評価も高い。この間もフェアを成功させたばかりだろ。でも、ゲイだってことがバレれば、風当たりがきつくなる」

うつむく時田に、愕然《がくぜん》とした。

目立つ容姿で気が合えば誰とでも寝るような遊び好きの時田は、その反面、小林の立場を案じ、身体を張って秘密を隠していたのだと知り、驚きは少しずつ、意識が沸騰するほどの怒りへと変わっていく。

うかつに腕を掴めば傷に触れるかもしれないから、用心して時田の手を握った。異常に冷えた指先が、時田の動揺を表しているように思えた。

「そいつの名前を教えてくれ。頼む」

「小林がかなう相手じゃない。やめとけ。そのうちあいつも俺に飽きるだろ」

「それまで、黙っておまえを殴らせておくのか？　冗談じゃない、そんな卑怯《ひきょう》なことできるか。時田は綺麗で、頭もいい、仕事もできる。いろんな奴がおまえにちょっかいをかけたがる気持ちは俺にもわかる。でも、もうこんなことはやめろ」

「なに言ってんだよ急に、俺のことは……」

「放っておけない。おまえは掛け値なしにいい男なんだから、上等な奴に愛されていいはずなんだ。殴って脅しをかける男なんか、どう考えても最低だ。おまえは大切にされるべきだ。もっと丁寧に愛されていいはずだ」

「なんで、そこまで……」

時田は口元をわななかせている。勢いに任せて、「おまえが好きだ」と言ってしまいたかったが、それよりまず、時田を脅す相手をどうにかしたい。冷えた指先をゆっくり擦ったり握り締めたりしているうちに、だんだんと自然な温もりを取り戻していく時田も、腹をくくったのだろう。ちいさな声で、とある人物の名前を告げた。

「え?」

一瞬、耳を疑った。時田が諦《あきら》めたような声音で、もう一度同じ名前を口にした。

「……あいつが、おまえを……」

脳裏に浮かぶ男の顔と、目の前でうなだれる時田を重ねた瞬間、思わずぎりっと奥歯を噛み締めていた。混じりけのない怒りを剝《む》き出しにしたのが時田を驚かせたのだろう。

「おい、早まるなよ。相手が相手なんだ。小林まで泥を被る必要はないんだ。これは俺の問題で」

「俺の問題でもあるんだ、時田。俺はおまえと寝たことを後悔してない。二度とおまえが痛い思いをしないように事を運ぶ。大丈夫だから任せてくれ」

「……小林……」

掠《かす》れた声の時田が腫れた目元を隠すようにおしぼりを広げる。その目端に薄い涙が滲んでいたのを小林は見逃さなかったが、なにも言わず、ただ手を握り締めていた。

慎重にレールを敷いていくのに、一週間以上かかった。その間、時田は怪我を治すために仕事を休むことになった。大手出版社の営業マンが暴行を受けた事実が広まったらまずいと判断し、『虫垂炎になったので入院するが、すぐに退院できる。見舞いは必要ない』ということにしようと小林が持ちかけたところ、時田も了解してくれた。嘘をつくのは気が進まなかったが、それよりも遥かに重苦しい現実を速やかに片付けるためには致し方ない。

冷静な顔で日々仕事を進めていくなかで、小林は着実に社内に根回しを進めていった。

『小林がかなう相手じゃない』

時田が言ったとおり、相手は手強《てごわ》い。一気に状況をひっくり返すのは無理だと悟った小林は、まず、一番信用できる三澤に相談してみた。もちろん、時田のことは完全に伏せ、『とある人物が、央剛舎内部の関係者に暴行を加えているらしい』と探りを入れたところ、三澤は敏感に反応し、話をすべて聞いてくれたうえで、『全面的に協力する』と請け負ってくれた。三澤も、男の二面性に薄々気づいていたのだ。そこから二人して男にまつわる噂をひそかに集め、どれが本当でどれが嘘であるかを慎重に調べ上げ、極秘に上層部に話を持っていった。

仕事に関わる人間を切ることがどれほど困難なものか、よくよく思い知った。仕事ができない奴、気にくわない奴を片っ端からクビにすればいいというものではない。浅はかな判断はいずれ自分に撥《は》ね返ってくる。相手に反論の隙を与えず、事実を突きつけて『辞めてくれ』と言い渡すには、念入りな下準備が必要だ。自分でもお人好しな一面があると思っていた小林は、時田の一件をとおして、心の奥底で眠っていたドライで冷静な感覚を磨き始めた。大勢の人間が働く会社に勤めるのはけっして嫌いじゃない。けれど、決まった枠の中で変化を遂げたいなら出世するしかない。実力は当然ながら、肩書きがつけばそれだけ発言権が大きくなる。

「コバはいずれ、大部署を抱える立場になれるぜ。将来のために、憎まれる力も信じてもらう力も、今のうちにしっかり養っとけ」

ある日そう言った三澤に、「そんなの、まだ想像つきませんが」と笑ったものの、以前にはなかった自信やしたたかさが根付いたことは自分でもわかっていた。

「……憎まれっぱなしはどうかと思いますが、空気みたいな存在にはなりたくありません。今の俺は三澤さんの足下にも及ばない。もっと力をつけます」

「十分十分、今の言葉だけでも貫禄《かんろく》あるじゃねえか」

豪快に笑う三澤が先に帰り、『小説央剛』編集部は小林一人が残る夜になった。

昨晩、最新号の校了を終えたばかりで、部署の全員が早めに帰った。隣り合う月刊スポーツ誌も女性ファッション誌の編集部も、しんとしている。作家から預かった原稿をチェックしていると、「……小林」と呼びかける声が聞こえた。びっくりして顔を上げれば、時田だ。

一週間ぶりに見る時田は少し頬が削《そ》げたものの、顔色は思いのほかいい。

「動いて大丈夫なのか？」

デスクを離れて近づくと、スーツ姿の時田が「ああ」と頷く。

「一週間、実家に戻って休んだし、病院にもちゃんと行った。さっき、営業部にも挨拶してきた。もう大丈夫だ。心配かけて……」

言いかけた時田がさっと青ざめたのと同時に、小林も顔を引き締めた。

「あれ、なんだ。きみたちしかいないの？」

時田の肩をぽんと叩《たた》いて突然現れたカメラマンの笹塚《ささづか》が、楽しそうな顔で人気のない部署を見回している。そろそろ終電も近いという時間帯に、忙しいことで有名なカメラマンの笹塚はなぜ来たのか。

答えは簡単だ。

小林が事前に『仕事でお話ししたいことがあります』と呼び出していたからだ。

まさか時田まで来るとは思っていなかったが、――ちょうどいい、メンツがそろったところで全部片を付けようと覚悟を決めた。

にこやかな笑顔で小林は時田を引き寄せ、背後に回した。

「遅くにお呼びして申し訳ありません。お忙しいでしょうから、手短に申し上げます。今後一切、時田には近づかないでください」

「――小林！」

「……は？　なにふざけたこと言ってんだ。小林、だったか。なんでおまえ程度の人間にそんなことを言われなきゃいけないんだ」

　ひと息に核心に斬り込んだことで笹塚は一瞬ぎょっとしたが、すぐに醒《さ》めた笑みを浮かべる。声も目つきも見慣れた陽気なものではなく、権力に溺《おぼ》れた者だけが見せる傲慢《ごうまん》さに満ちていた。

　きっと、時田を無理やり抱き、散々殴ったときも、笹塚はこんな冷たい目をしていたのだろう。暴力で他人を黙らせる歪《ゆが》んだ悦《よろこ》びを知っている目には、吐き気がする。

「あなたの気まぐれで、弊社の人間がいわれない暴力をふるわれてはたまりません。時田と私の性癖をバラすと内々に脅したこと自体、常識はずれだと思いませんか」

「常識はずれ？　ははっ、ふざけんなよ。男同士で寝るほうがおかしいじゃねえか。そもそもな、時田のほうから俺に色目を使ってきたのが始まりだぜ」

「その誘いに笹塚さんは乗ったんでしょう？　だったら言い訳できる立場じゃありませんよね。大人同士、了解のもとにセックスしたとしても、会社を休まなければいけないほどの暴力をふるっていいわけではありません。同性愛のことを嘲笑《あざわら》ったり茶化したりするなら、それ相応の人権問題に発展します。そうなったら、笹塚さんのお仕事やお立場もかなり困難なものになるかと思いますが」

てくる。

唸《うな》る笹塚は、小林の言い分がまったく揺らがないと気づいたのだろう。獰猛《どうもう》な目つきを向けてくる。

「じゃあ、おまえと時田はどうなんだ。おまえらだってゲイだとバラされたら、仕事をやってけねえだろ。クビにされるぜ」

「私と時田は、会社員です。ゲイだからといって周囲に迷惑をかけているわけではありません。個人的な性癖を理由にクビにされたら、不当解雇として逆に私たちは訴えることができます。会社だってバカじゃない。こういった問題は内々にきちんと処理して、会社としての面目が潰れない選択肢を選びます」

「……事実を伏せられると思ってんのか？」

「いざとなれば。でも、笹塚さんはフリーランスですよね。トラブルが起きた場合、あなたを匿ってくれる後ろ盾はおありですか？」

微笑みながら断言すると、笹塚が顔を歪ませて一歩後ずさった。

「この問題は笹塚さんのためにも、私たち央剛舎のためにもすべて伏せます。弊社は今後、笹塚さんに仕事をご依頼しないことを決めました」

「おまえにそんな権限があるのかよ！」

「……おまえ……」

「待てよ小林、そんなこと言って大丈夫なのか？　おまえだけの勝手な判断だったら大変なこ

となる……」

「大丈夫だ。任せておけ。この日のためにちゃんと準備はしてある」

背中にしがみつくような格好の時田をなだめ、小林は眼鏡《めがね》を押し上げ、もう一度笹塚に笑いかけた。これから先、なにがあっても、誰がなんと言おうとも、やりたいことを完璧《かんぺき》にやり遂げると決めた小林の微笑みが本物とわかったのか、笹塚が頬を強張らせた。

「笹塚さんほどの方なら、他社さんでいくらでも仕事ができます」

ほど、という言葉に込められた皮肉なニュアンスが通じたらしい。笹塚は血相を変えるが、なじる言葉はろくに出てこない。当然だろうと小林も思う。反論の余地を少しも与えずに笹塚を遠ざけるため、ありとあらゆる策を練り、三澤をはじめ、上層部にも納得してもらった。笹塚は腕のいいカメラマンの一人だが、殴られたり蹴《け》られたりすることを我慢してでも使いたいクラスではない。笹塚の穴を埋めてくれるカメラマンも見つけてあるから、今後の進行に影響はない。

三澤や上層部は、以前から小林の粘り強さやまめまめしさを評価していたが、今回の一件で、意外な用意周到さや冷徹さを確認し、『おまえなら、いずれ現場全体を任せられる』と推してくれた。

時田を守るため、この会社でもっとやりたいように仕事を形にしていくためにも、絶対的な力が必要だった。笹塚が時田に示したのとはまったく違う質の、賢い力だ。

「今回の出来事はお互いの身のために秘密ということで。ですが、出版は横繋がりが強い業界だとあなたもご存じですよね。もし、他の場所で、時田にしたような暴力行為を他人にしたと耳にしたら今度は黙っていません。どんな手を使ってでも笹塚さんの正体をバラします。今まで大変お世話になりました」

「覚えてろよ、この借りは……」

言いかけた途中で陳腐すぎると気づいたのか、舌打ちした笹塚はくるっと背中を向けて立ち去っていく。

嫌な男の姿が視界から消えたところで一連の流れを反芻《はんすう》した。上々の出来に、安堵のため息をついたのと同時に、背後からも気の抜けたような声が聞こえてきた。

「小林……」

「あ、時田、大丈夫か？　……悪かったな、本当はおまえがいないところで話し合うつもりだったんだ。笹塚さんの件は、もう大丈夫だ」

「よく……こんな大それたことができたな。俺のことを明かさずに、あの人を切るってことを社内と話し合ったのか？」

「ああ。三澤さんがずいぶんと手を貸してくれた。あの人も笹塚さんの手癖の悪さを耳にしてたんだよ。別部署でも過去、現場で笹塚さんに嫌がらせをされた編集者が数人いたよ。会社側も笹塚さんと縁を切ることを了承してくれた。時田のことは、ひと言も漏らしてないから安心しろ」

「……俺が軽はずみなことしたから、小林にも迷惑かけて……」

まだ茫然《ぼうぜん》としている時田は言葉尻も曖昧《あいまい》だ。笹塚が消えていったほうをじっと見つめながら、「キブラから出たところを、声、かけられたのがきっかけなんだよ」と呟く。

「笹塚さんとの出会いのこと、か?」

「そう。昨年末だったかな。小林は校了かなんかでいない晩だった。キブラで呑んで騒いで、たまたま気が合った奴とホテルに行くかって店を出たら、あの人がいてさ。俺もあの人も、瞬間的にお互いがゲイだってわかった」

「キブラはゲイの間じゃ有名なバーだしな。あの近辺で会ったんじゃ仕方ない」

「俺は笹塚さんがウチでよく仕事してるカメラマンだってことを知ってたから、できれば接触したくなかったんだ。けど、結構いい男だろ。身元がバレなきゃ一回ぐらいはいいかと思って寝たら」

「速攻バレたんだろ。財布か社員証を盗み見されたとか」

痛いところを突かれた顔で、時田が瞼を伏せる。

「ホテルでシャワーを浴びるときも私物はバスルームに持ち込んで内側から鍵をかけるぐらいのことはいつもしていたんだ。でも、一回やったあと、つい五分ほどうたた寝しちまった。その隙に社員証を見られて、全部バレて……逃げられなかったんだよ」

「身元を知って脅してきた笹塚は最低で卑怯極まりない。でも、時田の男の見る目がないことにもがっかりだ」

「しょうがないだろ！　俺を欲しがる男は、最初はお互いにいい距離を保ってても、どいつもこいつも結局しつこく追い回してくるんだよ」

「大層な自信家だな。そういう隙が笹塚みたいなバカを引き寄せるんだろうが。時田は他人に求められたいだけなのか？　どんな相手でも簡単に寝てたら、神経も体力もすり減らしていくのがオチだろ」

「うるせえな！　小林にそこまで……！」

怒鳴り声を上げそうな時田を黙らせるために、ちょっとかがんでくちびるを重ねた。時田はぎょっとしたように目を見開いたままだ。

ほんの一瞬だが、社内で、しかも男の同僚にキスした自分の勢いに、小林は内心笑い出したい気分だった。時田から笹塚を引き離す算段を立てているうちに、こんな度胸もおまけについてきたらしい。冗談でキスしたのではないことをわからせるために、もう一度優しくくちづけた。みるみるうちに顔を赤らめる時田を見ているだけで、可笑《おか》しい。

「遊び慣れてるんだろ、おまえ。こんなキスぐらいで恥ずかしいのか」

言いながら頬にもくちづけた。くちびるで感じ取る時田の頬が熱い。

「……からかってんのかよ、小林……」

「俺はおまえと違う。誰彼構わず手を出すようなことはしない」

「じゃあ、このキスはなんなんだよ！」

「そこまで言わないとわからないのか？」

「わからない」

意地を張り続ける時田に呆れた次の瞬間、どうしようもなく胸が甘く疼《うず》き、自分らしくもない行動に出てしまった。

時田を思いきり抱き締め、熱っぽいキスを何度も繰り返した。時田も抗《あらが》うことなく、息を切らし、熱情のこもるキスに応えてくる。

「おまえほど目を惹く男は他にいないよ。放っておきたくないし、笹塚みたいな奴に食い荒らされたくない。そういうおまえはどうなんだ？　時田にだって好みがあるだろう。俺のすることが嫌ならそう言え。すぐやめる」

「最悪だ、おまえは……」

「かもな。でも、おまえが知ってる奴の中で、もっとも上等の男だ。一緒に仕事するにしても、おまえを愛することにしても、俺が一番、適任だと思う」

「自信過剰にもほどがあるだろ。おまえ、バカなのか？」

「お互い様だろ？」

呆気に取られた時田に笑いかけた。怒りたいのか笑いたいのか、本人も区別できない感情に振り回されているらしいと悟り、抱き締めたい気分をなんとか抑え、代わりに手を摑んだ。

　華やかな顔をダシにして片っ端から男を食う時田もバカだが、穏和な顔で誰とでも誠実な恋ができると思い込んでいた自分もまたバカだ。捕まえられそうで捕まえられない時田に惹かれ、夢中になっていく過程で、自分なりの我の強さ、そして欲深さを知ったなら、その感覚をより極めていきたい。

「おまえが知ってる奴の中でも、俺が一番しつこいと思う。でも、俺は時田の仕事に対する情熱を尊敬してるし、こうやって話してる時間も楽しい。おまえには他の誰にもない手応えがあるんだ。時田、俺とつき合ってくれ。俺はおまえの踏み台になる。サポートもする。八つ当たりの的にもなってやる」

「……そんなにまでして、俺が好きなのか。欲しいのか」

「欲しい。好きだ。おまえはこの先ずっと、赤の他人と刹那《せつな》的な恋愛を楽しみたいのか？」

「そうじゃない……。でも、俺を求める男とはいつもかならず揉《も》めて終わるから、誰かと深くつき合っても無意味だと思ってた」

「それは選ぶ相手が間違ってるんだよ。俺だったら時田を誰より大事にする。他の誰にもうつつを抜かさないし、喧嘩してもちゃんと仲直りをして、おまえに惚れ直すことを繰り返していくよ」

　率直な言葉に、時田の切れ長の目がかすかに潤んだ。スマートな遊び方には慣れているのかもしれないが、本気の恋の経験はそれほどないのかもしれない――と考える小林自身、時田以上に本気になれる相手はこの先二度と出てこないだろうという直感があった。

仕事をともにする相手に恋をしたら公私混同になるんじゃないかという不安も、今はもう微《み》塵《じん》もない。仕事も私生活も一緒に重ねていく中で、時田という、自分とはまったく違う軸を持つ男をもっと知り、好きになっていきたいのだ。

「ずっと好きになっていくよ。俺は時田に対して、熱が冷めるとか、落ち着くとかできないと思う。おまえを欲しがる気持ちは、五年後も十年後も二十年後も、全然変わらないって約束できる」

ふいに時田が背伸びして強く抱きついてきた。驚いて抱き締め返す間もなく、掠《かす》れた声が聞こえてきた。

「……上等だよ、小林は。俺から絶対に目を離さないって約束しろ」

「ああ、約束する。おまえ以外、いらない」

「じゃあ、くれてやる」

悔しそうで、だけど満たされきった声の深さに小林は笑い、時田の髪にくちづけて、「家に帰ろう」と囁《ささや》いた。

次に抱くなら徹底的に、と決めていた。

タクシーでマンションに帰る間、ずっと時田の手を握り締め、愛撫《あいぶ》するように指の一本一本を擦り上げた。同じ男なのに、実際に触ってみるとさまざまなところが違う。肌の感触も体温も。時田の手は自分より若干細めだが、やはり同性だけに骨がしっかりしているし、長くて綺麗だと小声で褒めると、「バカか」とだけ返ってきた。その声にとまどいと照れくささが混じっているのを聞き逃さなかった小林は、時田を部屋に迎え入れた瞬間、玄関の壁に彼を押しつけてくちびるを強く重ねた。

小林も我慢の限界だった。

「……ん……っぅ……」

舌をきつく絡め合う本物のキスに、時田も必死に応えてくる。背中に爪を立てながらも、この期に及んでずるく逃げようとする時田の顔ごと摑み、息する暇も与えずに淫猥《いんわい》にくちゅりと舌を吸った。

「は……」

いきなり濃厚なキスを食らうとは思っていなかったのだろう。時田の膝ががくがく震え、立っているのもつらそうだ。だが、追い打ちをかけるように顎を押し上げ、とろりとした唾液《だえき》を伝わせて、時田がこくりと喉を鳴らして飲むまで同じことを繰り返す。

くちびるの表面が腫れぼったくなってうまく閉じられなくなるほどのキスにふらつく時田が、

「いきなりすぎる」と途切れ途切れになじってくる。その目元にはまぎれもない欲情と不安が浮かんでいた。こんなに心を奪う表情から一瞬も目を離したくない。

「一緒にシャワーを浴びよう」

「……小林！　ちょっと、待てったら！」

羞恥心《しゅうちしん》にもがく時田を抱き締めてバスルームに連れ込み、さっきよりもゆるやかなスピードでキスを続けながら、服を脱がしていった。すぐにでも身体を重ねてしまいたい衝動に駆られるが、時田は無意識に他人をそそのかす魅力的な悪癖を持っている。

「今後、二度と他の男と寝る気を起こさないぐらい、する。おまえがもうやめろって言っても、やる」

裸になった時田に笑いかけてキスすると、眼鏡の縁が彼の頬をかすめる。上気した顔の時田が眼鏡をはずしてくれた。それから、両腕を首に回してきてキスを求めてきたことで、勢いがついた。時田も欲しがっているという事実にヒートアップしそうだ。ぬるめの温度でシャワーを浴び、互いに昂《たか》ぶる身体を隙間なく押しつけ、触れ合った。時田がのぼせた顔つきで、小林の広い肩のラインや鍛えた胸に指を這わせてきたあと、濃い繁みをまとう下肢にも興味深げに触れてきて、逞《たくま》しく勃ちきったそこに、驚いたようにびくりと指先を跳ねさせる。

「おまえ……、いい身体してるよな」

「これはもう、時田のものだ。おまえの好きなようにしていい。どうしたい？」

「……俺がわけわからなくなるぐらい、めちゃくちゃに愛してほしい」

傲慢だけれど、素直な求め方が時田らしいと微笑み、小林は敏感な反応を見せる時田のペニスをゆるく扱き、それだけでは物足りず、ひざまずいて口の奥深くに咥《くわ》えた。

「ん、っ、あ、あぁっ……」

バスルームに反響する嬌声が悩ましく意識を蕩《とろ》かしていく。前にしたときよりもずっと執拗《しつよう》に亀頭の割れ目を舌先で抉《えぐ》り、内にひそむ柔らかな粘膜を露出させてチロチロと舐《な》めしゃぶる刺激は、一気に時田を追い詰めたようだ。

「あ……！」

身体を深く折り曲げてきて小林の髪を掴み、どくっとほとばしりを放つ時田のそれは濃く、飲みきれずに、少しこぼしてしまうほど量も多い。

「遊んでなかったのか」

「そんな、暇、なかった……」

「ふぅん。暇があったら、遊んでたか？」

「おまえな！　……っぅあ……！」

指で弄っていたことで妖《あや》しくほんのりと色づく乳首を舐《ねぶ》り回したことで、時田の反論は中途半端に終わる。立ったまま愛撫を続けるのは可哀想だから、濡れた身体をバスタオルで拭いながらもつれ合うようにして寝室へと誘った。

「前も、このベッドでしたよな。あのときは俺もまだ、時田にどこまで踏み込んでいいかわからなかったから、最後までしなかった。でも、今夜から手を抜かない」

四肢を押さえつけると、瑞々《みずみず》しい皮膚の弾力とともに、どくどくと高鳴る鼓動が伝わってくる。

「なに、するんだよ……」

「おまえが想像してる以上のことをする。絶対に痛い思いはさせない。でも、気が狂うほどに気持ちよくさせて、セックスも恋の相手も俺しか考えられないようにする」

言っている間からも押しつけた身体を淫猥に動かし、時田のどこが疼くのか、火照《ほて》るのかということを肌全体で感じ取った。ツキンと尖る乳首が擦れ合うと、時田の息遣いが浅くなる。やはりそこが弱いのだと嬉しくなって、ふっくらと赤く腫れるまで丁寧に揉み込み、指と指の間でこよりのようによじり合わせた。

「んぁ――あ、っ、あぁ……や、いやだ、そこ、……そんな……したら……」

弄り回すうちにどんどん淫猥な湿り気を帯びていく乳首を引っ張って押し潰し、しまいには噛みついて舌先で根本からせり上げた。男の胸にここまで執着するのは初めてかもしれない。舌で味わう時田の乳首は熱く、淫《みだ》らな感触で、いつまでも舐めしゃぶっていたくなる。硬くしこる粒を軽く食《は》むと時田も声を殺せず、こっちが思わず暴走しそうなせつなげな喘《あえ》ぎを漏らす。再び、勃起していることに気づいて指を巻き付けてくるみ込むと、さっきよりも格段に敏感になっているらしい。

「――あ」と声を上げた時田が懸命に腰をよじらせて逃げようとするのを引き戻し、「いけよ」と囁いた。

「何度でも感じさせるって言っただろ」

「でも……っ、俺ばっかり……あぁ……っ」

再び絶頂に達する時田の身体が一層熱くなっていく。肌に飛び散った飛沫を指ですくって舐め取っていると、身体に力が入らない時田が息を荒らげ、小林のすることをぼうっと見つめている。

度重なる絶頂に蕩けきって身体をゆだねてくれているのかと思うと、愛おしさが増す。

「小林……もういいから、早く……」

「まだだ。そうだな、……あと二回ぐらいいかせる」

「……バカ、そんなにしたら気が狂うだろうが！」

「望むところだ」

不敵に笑い、恥ずかしがる時田の腰を摑んで四つん這いにさせ、窮屈に締まる窄《すぼ》まりを指で押し広げて唾液を注ぎ込んだ。

「ん、ン――んぁっ……！」

奔放な遊びを繰り返してきたこの身体に自分だけを覚えさせたいなら、力ずくではなく、時田自身が平衡感覚や時間の感覚を失うほどの愛撫がいいとずっと思っていた。

「やだ、いやだ、また、いく……ッ……」

柔らかな縁を囓《かじ》り、舐め、孔の奥のほうまで舌先をもぐり込ませていく淫蕩《いんとう》さに、時田も感情がセーブできなくなったらしく、泣きじゃくる。前に手を回して性器に触れると、ひくっと先端をもたげたそれは透明な滴を垂らし続け、時田がどれだけ深い快感に落ちているかを教えてくれた。孔を舐めながら爪で軽く性器の裏筋を引っ掻いただけで、時田の背中が強くしなり、声にならない声を上げてシーツに沈み込む。

それでも小林はまだ続けた。最後には射精しなくても達するほどの快感を味わわせたくて、きわどい腿《もも》の付け根を強く吸ったり、時田が乱れよがるまで陰嚢を優しく舌で舐り回したりした最後に、足の裏にもキスを這わせた。足の指一本一本をしゃぶり尽くし、土踏まずの柔らかい場所を噛むと、時田はそれだけで声を嗄らす。

「おまえは感じやすい身体をしてる。こんなにいい身体を大切に愛さない男はバカだ。俺のすること全部に反応してるじゃないか」

「コバが……しつこすぎるんだろ……ここまでやられるなんて、初めてだ……」

ろれつの回らない時田に、初めてあだ名で呼ばれたのがなんだかひどく嬉しかった。

「しつこいっていうのは、褒め言葉として受け取っておくよ」

絶頂に次ぐ絶頂でぐったりしている時田を抱き竦め、口淫でほころんだ窄まりに猛《たけ》った切っ先を押し当てた。

　あまりの熱さと硬さに時田が涙混じりの目を瞠る。傷つけるつもりはまったくないから、ゆっくりと肌を馴染ませるように、時間をかけてねじ込んでいった。

「あ――……あ、……あ、あ……！」

　息を吐き出す間隔が浅くなっていく時田の身体の強張りをほぐすように、意識して優しく頬にくちづけ、「力を抜け」と言ったが、蕩けきった肉襞に絡みつかれて小林のほうが制御できなくなりそうだ。

「大きすぎ、だ……コバ、……こんなの、挿れられたら……」

「おかしくなればいい。俺が絶倫だってこと、最初にきっちりわかっておけ」

「ン、ぁ、……あぁ……っ！」

　なんとか根本まで押し込み、ぐりっと腰をひねって先走りが滲む先端を最奥に擦り付けるようにすると、時田の声が跳ね上がった。最初のうちは時田の反応に合わせてゆるい挿入にしていたが、あまりにも狂おしい締め付けに、止まれなくなってくる。

「……わざと締めてるのか？」

「んな、器用なこと、できねえよ……、んんっ、……いい、欲しい、もっと深く……！」

　甘く掠れた声に理性が吹っ飛ぶ。四肢をきつく絡みつけて、むさぼった。ずちゅ、ぬちゅっ、と火照る肉襞を押し分けて突き込む快感に永遠に浸っていたい。

「散々男と遊んできたから、たいていのことじゃ感じてくれないかと思ってたけど、全然そうじゃないな。時田には俺だけが与えられる快感を教え込みたいよ」

「恥ずかしいことばっか、言うな……」

「本当のことだ。俺にずっと愛されろよ、時田。こうして繋がってる間は俺を欲しがることしか考えられないようになれ」

「ッ……う、んっ……はぁ……っ」

「俺がおまえと分かち合いたいのは、気持ちよさだけじゃない」

言いながら、ぐうっと根本まで突き込んでゆっくり引き抜いた。蕩ける熱に小林ものぼせそうだ。

「あ……っ！」

「セックスだけで繋がる関係じゃ嫌なんだ。俺は時田の心も身体も欲しい。丸ごと欲しい。おまえの恋人であって、仕事でも一番頼りにしてもらえる男としてずっとそばにいたい。時田はどうなんだ？　そういう関係は重たくて嫌か？」

「……嫌じゃない。コバなら、いい」

「本当に？」

「おまえみたいな男は初めてだ。コバは俺のことをいつも気にしてるんだろ。誰と一緒にいても俺のことを絶対に忘れないんだろ？　なにがあっても俺が一番なんだろう？」

「ああ。時田が俺の一番だ」

生意気な口調とは裏腹にすがりつくような目つきがたまらなく愛おしくて、もどかしい腰遣いをだんだんと激しくしていった。

「んん……っはぁっ……あ、あ……っ」

必死に時田が背中にしがみついてくる。

ここまで露骨に性欲を剝き出しにしたことがなかったから、小林自身、時田を求める欲深さを反省したいところだが、今はそれより、首に両手を巻き付けてキスをねだり、もっと深く、もっと強く貫いてほしいと乱れる男の虜《とりこ》になってしまいたい。

「好きだ、時田、おまえが好きなんだ、俺以外の男に目を移されたくない。一緒に暮らしてほしい。すぐにでも。明日から」

「そんなの……答えられ……っんん……っ」

「返事は？　嫌だって言うなら止める」

「あ、あ……！　やだ、抜くな、……わかった、……一緒に暮らす、から……っ」

「本当か？　……だったらおまえの中でいく」

「あ、……、ん、あぁ……！」

射精し尽くしても性器を硬くしたままの時田が背中に痕が残るほど爪を立ててきたのを合図に、小林も息を詰めて我慢に我慢を重ねたとろみの濃い精液を撃ち込み始めた。ひどく摩擦されたことでふっくらと充血して腫れる時田の中にたっぷりと放つ間から、もう次の飢えた気分が襲いかかってくる。

額の汗を拭い、胸を波立たせている時田に笑いながらくちづけた。

「……俺だって、こんなに止まれないのは初めてだ。時田、まだいけるだろ。足りなそうな顔してるもんな」

「え……いや、そんな……もう、十分、いいって……まだ、するつもりか？　コバ、明日は仕事なんじゃ……」

その声に、少しでも怯《おび》えを聞き取っていたら止めるつもりだったが、小林が耳にしたのは、尽きぬ情欲と期待だ。

「明日は土曜で、休みだ。朝までする。おまえが途中で気絶してもやり続けるから、覚悟しとけよ」

「本気か？」

「冗談でおまえを抱くほど俺は暇じゃないし、遊び上手じゃない」

強く言い切ったものの、繋がったままの状態で伝わり続ける淫らな熱に負け、小林は微笑んでしまう。身体のすべてが熱く潤う男を何度も抱き締め、「好きなんだ」と囁いた。

真剣に惚れたのだ。こんな恋はもう二度としない。もしも時田が他の男に手を出そうものなら声が嗄れ果てるまで抱いてやる。浮気の「う」の字も浮かばないほどに抱いてやる。

焦《じ》れったく腰を動かしながらそう囁くと、呆れと期待と壮絶な色気を交えた吐息が聞こえてきた。

「将来、一緒に雑誌を作ろう。時田の才能も、おまえ自身も欲しい。絶対に大事にするから。おまえの願いはすべて叶《かな》えるから」

念押ししてくちづけると、時田が可笑しそうにちいさな声を上げて笑う。

屈託ない自然な笑い声が、いつまでも胸に甘く残りそうだ。

「……わかったよ。コバを信じる」

時田に信じてもらえるだけの力を、地位を、少しずつ、着実に、築いていく。

小林が自分にそう誓った瞬間だった。

二年後、時田は営業部全員に惜しまれつつも、かねてより希望していた第一編集部へと異動してきた。

同時期に、小林も、上司である三澤とともに、『小説央剛』のリニューアルの出来のよさを認められたことで、央剛舎の看板誌で、より多くの情報を扱う総合情報誌『週刊央剛』への異動を果たす。

その一年後、三十一歳になった時田は小林のあとを追うように、『週刊央剛』への部署入りを見事成し遂げた。

　彼らが央剛舎創業以来の最強コンビと呼ばれるようになるまでには、もう少し時間が必要になる。

同僚同士

「うん、次号の第三特集の見出しはこれに決めよう。いろんな候補が出たけど、『毒舌議員のいかがわしい息抜き』が、やっぱり一番インパクトある。これに沿って記事構成を決めよう」

声に張りがあるなと自分でもわかるのは、仕事の波に乗っているからだ。小林吉行《こばやしよしゆき》は笑顔でチームメンバーに矢継ぎ早に指示を出して打ち合わせブースを離れ、早速次の仕事に取りかかった。

大手出版社の一つとして知られる央剛舎《おうごうしゃ》の看板雑誌である週刊誌『週刊央剛』に配属されて一年。

早くも小林は頭角を現し、政治、芸能、社会記事を扱う特集班に配属され、めまぐるしくも充実した三十一歳の秋を迎えていた。もともと仕事は好きだが、社名を冠にした週刊誌の編集者として現場に立つ日がこんなに早く来るとは思っていなかったから、毎日が楽しくてたまらない。

自席に戻ると、大柄の男が手を振りながらやってきた。

「よっ、調子よさそうだな、コバ。今朝まで仕事してたって聞いたけど、嫌みなぐらいおまえ、元気ハツラツだよなぁ」

「三澤《みさわ》さんこそ、徹夜続きのくせに元気じゃないですか。お互い、仕事が栄養になってるんですかね」

「マジ顔で青臭いこと言うなよ」

肩を揺らして笑い出した三澤が、「でも、そうかもな」と頷《うなず》く。小林が以前所属していた月刊誌『小説央剛』の売り上げの悪さを軌道修正するために指揮を執ったのが、当時、副編集長だった三澤だ。大の麻雀《マージャン》好きで、担当する作家が役作りも知らないとわかると熱心に教え込む。しまいには卓を囲みながら仕事の話を始めるぐらいのディープな一面があるが、仕事に対する情熱や経験は確かだ。

作家陣だけではなく、社内でも信用できると評判の高い三澤の下についた小林は、傾きかけていた『小説央剛』を見事立て直した功績を認められ、二人そろって一年前に『週刊央剛』に異動を命じられた。慣れ親しんだ部署から離れるのは当然寂しかったが、『週刊央剛』は異動希望を出してもほとんど通らない部署だ。編集長や副編たちが、他部署で目立つ活躍を見せ、且つ入社四年以上の編集者だけを集めた最強の週刊誌チームは、央剛舎の編集者なら誰もが憧《あこが》れを抱く部署だ。もちろん、三澤も小林も当然、この部署で働けることは願ってもないことだった。

この部署でも、三澤が小林の直属上司だ。心から信頼できる男の下で働けるのは、一社会人として素直に嬉しい。

三澤が他の部員に話しかけられて立ち去るのと同時に、視界の隅にいた男がさりげなく手を振って近づいてきたことに小林は思わず微笑《ほほえ》んだ。

同期で良きライバル、今では恋人でもある時田国彦《ときたくにひこ》がこの春、ようやく小林と同じ部署に異動してきたのだ。

「お疲れ。今日もコバは遅くなりそうなのか」

他愛ない世間話をする調子で、時田は小林の机に軽く寄りかかる。

「うん、まあな。終電までに終わるかどうか」

「先週からずっと詰めっぱなしだろ。身体、もつのかよ」

「これぐらい平気だって。なんか調子いいんだよなぁ、最近。自分でもおかしいぐらいに楽しくてさ。やっぱり時田が同じ部署に来てくれた効果かもな。おまえを見るたび、嬉しくて」

「なにアホなこと言ってんだ昼間から。もう三年も一緒に暮らしてるくせに。……でも、最近はコバがめちゃくちゃ忙しすぎて、一緒にいる時間、あんまりないだろ」

時田が大げさにため息をついてうつむく。

男は三十から、とよく聞くが、時田を見ていると本当にそのとおりだと思う。初めて関係を持った三年前と、なにかが大きく変わったというわけではないのだが、もともと華やかな容姿で人目を奪う時田に、大人の落ち着いた色香が加わったと感じるのはごく最近だ。

机の縁を摑《つか》む時田の手の甲をボールペンの尻で軽くつつくと、さっと手が離れ、睨《にら》まれた。

「なにすんだよ」

口答えしながらも時田はそばを離れようとせず、机の縁を再び掴む。

だから小林も、めげずにいたずらっぽく何度もつつくことを繰り返しながら、表向きには書類を読んでいるふりをした。

つん、と一回、甲をつつくと時田が肘《ひじ》で小林の頭を小突いてくる。二回、つんつんとつつくと、二回肘鉄を食らう。

先に焦《じ》れたのは時田だ。

「なんだよ、もう、なにしてんだよ」

「愛情確認」

「なっ……おまえ、よくもそういうことを堂々と会社で」

「私生活で一緒にいる時間が少なくなってきたのは確かだが、俺はさっきも言ったとおり、同じ部署でおまえと働けるだけでも本当に嬉しいんだ。多少の寝不足も我慢できるぐらい、おまえの存在感は大きい」

「コバの仕事好きは死んでも直らないよな」

鼻を鳴らす時田に、鷹揚《おうよう》に笑ってみせた。

「当面死なないから安心しろよ。今はまだ夢のスタートラインに立ったばかりって気分なんだ。現状には全然満足してない。前にも言っただろ。俺は出世して、ゆくゆくは時田と一緒に雑誌を作る立場に行きたいんだ。時田は？　そういう夢、ないのか」

「昼間っから小学生みたいなこと聞くな。アホじゃねえの?」

「でも、なんかあるだろ。働くうえで叶《かな》えたい夢とか希望とかさ」

「俺のがっつきと、コバのがっつきは方向性が違うんだよ。俺はおまえほど図々しくねえよ。まあ、希望がないわけじゃないけど。指揮を執る立場になりたいとはあんま思わねえな。どっちかっていうと、俺は自由に動ける現場が好きだから。営業をやってた頃も、外に出るのが苦じゃなかったしさ」

「時田の営業用スマイルは無敵だよなぁ。おまえのその綺麗な顔で微笑まれたら、どの書店も取次も顔が緩むよ」

「じゃあ、おまえも少しは緩めよ。……最近の俺不足が我慢できてるのか」

ぼそりとした呟《つぶや》きに、つい吹き出しそうになるのをなんとか堪えた。

営業部出身だけあって、時田は雑多な週刊誌の編集部に異動してきても、ワイシャツとネクタイを毎日きちんと身に着けている。『ネクタイを締めてないと落ち着かないし、ラフな格好は気が緩む』というのが時田の持論だ。年がら年中、色とりどりのチェックのシャツで通している小林とは大違いだが、綺麗に整った時田には確かに男の武器の一つともいえるネクタイがよく似合う。

今日も白のワイシャツに、ボルドーのネクタイだ。嫌みにならない程度のドットが散らばる粋なネクタイがしっくりはまる時田には、社内外でも性別問わず憧れる者が多い。

「今日もいい男だよな、時田は。俺の男のことだけはある」

「口先でモノ言ってると痛い目に遭わすぞ」

目端をうっすらと赤く滲ませた時田がぎらりと射抜いてくるが、小林は構わずに満面の笑みを向けた。

「口先じゃないことはおまえが一番よく知ってるだろ。俺だってこの二週間近く、まともにおまえに触れられないのは悔しいよ。だから、今こうやって目の保養をして、ちょっとだけ触って必死に抑えている。時田もさっきよりだいぶ俺に心を許してくれてる」

「なんでそんなことがわかるんだ」

「手の指と指が少しずつ開いてきて、リラックスしてる。つついた瞬間は敏感に反応するけど、直後に身体全体で俺にもたれかかってきてるの、おまえ、気づいてるか？」

「知るかバカ」

図星だったのだろう。ぱっと身体を離す時田が思いきり拳固《げんこ》を頭のてっぺんに振り下ろしてきた。容赦ない拳骨《げんこつ》を食らって痛いのは当たり前だが、思わず笑ってしまう。

「いってぇな。おまえ、手が早すぎだよ」

「うるさい、コバが変なこと言うからだろ。俺は連載原稿のまとめと、資料整理の続きがあるから、もう行く」

「ああ、あの過去の紙資料をデータ化する作業、大変だよな。連載の担当引き継ぎはうまくいったか?」

「どっちもうまく回してる。俺が引き継いだコラム欄の先生はありがたいことにみんな温和だし、真面目だから、締め切り前に原稿をくれる。……ただ、こう言っちゃなんだけど、新鮮味がねえ毎日だよ。資料整理も、俺が異動してくる前からあった仕事を引き継いでるだけで、特集班のコバたちみたいに自分からニュースを探しに行くわけじゃねえから、たまに飽きる」

今度こそ時田がはっきりと眉をひそめる。

編集者一筋の小林とは違い、時田は長いこと営業部に所属していた。生来の人当たりの良さと頭の回転の速さが功を奏し、時田が担当にあたった書籍は軒並み部数を伸ばした。だが、彼も本作りの現場に立ち会いたいという強い願いを持っていたのだ。営業部の上司にしてみたら、バブル崩壊後でも、『モノを売る力』を持っている時田を手放すというのは相当の賭《かけ》だったようで、何度も話し合いを重ねたと聞いている。

しかし最後には時田の熱意が通った。

『今までの俺は各部署が作った雑誌や書籍を売り込む立場でしたが、若いうちにモノ作りの現場のど真ん中で勝負がしたい。絶対に売れるモノを作るための努力は惜しみません』

売る側から、作る側に回りたいと考える者は結構多い。だが、時田のように壮大なことを堂々と言い切る者は、実際にはそういるものではない。時田の前向きで強い姿勢に、最終的には営業部も折れ、泣く泣く異動願を受け入れたのが一年前。半年間、女性向けの月刊ファッシヨン誌で編集のいろはをスピーディに吸収した時田は、今春、念願叶って小林がいる『週刊央剛』に呼ばれたのだ。ここでようやく同じ雑誌編集者として肩を並べられると小林も時田も思っていたが、現実は思っていたより厳しかった。

『週刊央剛』の編集長と副編たちは時田の才覚を認めている。しかし、前線で記事を作る特集班や、雑誌の巻頭を飾るグラビア班でもなく、長年安定した人気を保つコラムや書評ページを作る連載記事班に時田を配属させた。

連載記事は、ニュースが激しく入れ替わる週刊誌の中でオアシスのような存在なのだが、内部も穏やかなメンバーがそろっているかといえば、けっしてそうではない。

決まった枠の中で正確な仕事をすることが求められるうえに、編集者の意向が強く出せるわけではなく、担当しているコラムニストや作家の個性に歩調を合わせることのほうが多い。

雑誌の現場に配属されたばかりの編集者なら、誰もが一度は通る地味な道だ。

『しばらくは、だんまりを決め込むことになりそうだ』

うんざりした顔で時田が言っていたのを思い出す。営業部ではトップクラスの成績を誇っていたのに、『週刊央剛』に来たとたん第一線から弾かれたのだから、拗《す》ねる気持ちもわかる。

相棒であり、恋人でもある小林としては、時田があまり落ち込まないよう、さりげなく励ましてきたつもりだ。

「作家先生がいい人ばっかかなのは助かるけど、パソコンが使えない人のナマ原稿があまりにも達筆すぎて読めない。かと思えば、パソコンを買った先生から、『パソコンがフリーズしちゃって、どうしたらいいかわからない』って電話がかかってきて、俺が家まで見に行くこともあるんだぜ。ついでにホームページも作ってやったりさ。便利屋か、俺は。フロッピーディスクにバックアップを取っても、そのディスクが読み込めないことも結構あるんだ。日向にいるコバには、俺が一日中苛々《いらいら》してんのが想像できないだろ」

　時田がぶつぶつ言っているのを咎《とが》めず、小林は相づちを打った。

「わかるよ。俺も新人の頃は過去資料の整理をメインにやっていたし、作家先生の引き継ぎもやらされた。気難しい先生にあたったり、資料を片付けたりするのって大変だけど、それはそれでおもしろい発見が……」

「この歳で新人かぁ……」

　深いため息をついた時田が腕組みし、天井を見上げる。希望の部署に来たからと言って、すぐさまやりたいことができるわけではない。

　――っていう説教くさいことを言われるのを、時田は一番嫌がる。こいつは頭がいいから、自分でもよくわかってるんだろう。今の俺にできることは、時田からやる気を削《そ》がないことだ。

　このままくさくさしている時田を見ているのも不憫《ふびん》だ。

「気分転換に、二人で外にコーヒーを飲みに行こうか」

「いいのか？　コバだって仕事中だろ」

小林の突然の誘いに、時田が困ったように微笑む。どことなく嬉しそうな顔に小林も「大丈夫」と笑って席を立った。

「三十分か一時間ぐらい空けても問題ない。前倒しの進行でやってるし」

「そっか。じゃあ……」

複雑な顔の時田の背中を押して編集部から出ようとしたとき、「おーい、コバ、ちょっと」と三澤の声が飛んできた。

「次の特集のことで副編の飯嶋《いいじま》さんがおまえに聞きたいことがあるんだと。来いよ」

「あ……」

三澤に手招きされているのをさすがに無視することはできない。

特集班、グラビア班、連載記事班それぞれの現場責任者である副編の中で、特集班の雄である飯嶋はもっとも発言力が大きく、いずれは編集長になるだろうと噂《うわさ》されている人物だ。

「行けよ、コバ。仕事が呼んでるぞ」

するっと身体を離した時田が口の端を吊《つ》り上げる。

「俺のことは気にしなくていい。ちょっとおまえに愚痴りたかっただけだ。聞いてくれてサンキュ」

「でも……」

「いいから行けよ。三澤さんや飯嶋さんに目をかけてもらっている今を逃したらダメだ。駆け出しの新人編集の俺でも、三澤さんたちが次世代の実力者になるってことぐらいはわかってる。そういう人に呼ばれてんだから、ちゃんと仕事してこい」

逆に背中を押されてしまい、小林は頭を掻《か》きながら「ごめんな」と囁《ささや》いた。

「今日は早く帰れるようにするから」

「期待しないで待ってる」

ひらひらと手を振る時田を背にして、小林は急いで踵《きびす》を返した。

その晩、時田と一緒に暮らすマンションに帰れたのは午前四時を過ぎた頃だ。

「ただいまー……」

飯嶋や三澤と打ち合わせを兼ねて食事し、居酒屋やバーを数軒はしごすることになってしまった。途中で帰ることもできないわけではなかったが、あの三澤ですら尊敬する飯嶋と直接話ができるというチャンスに興奮し、深酒をしてしまった。

しんと静まり返った3LDKのマンションの一室が、時田専用になっている。

つき合いだして間もない頃に、同居もスタートさせた。新宿《しんじゅく》二丁目でありとあらゆる男を食い倒していた時田に浮気されたくなくて、小林から強引に同居を迫ったのだ。

三年経った今でも、時田に対する深い愛情に変わりはないと断言できる。

「……国彦、寝ちゃったか」

風呂の追い焚《だ》きスイッチを入れてから時田の私室をそっとのぞくと、穏やかな寝息が聞こえてくる。足音を潜めてベッドに近づき、身体を丸めて眠る時田の髪を優しく撫《な》でた。

「約束守れなくてごめんな。今日こそ早く帰ろうと思ったんだけどさ……」

小さな声に、時田が目を覚ます気配はない。おとなしく眠る恋人の無防備な寝顔を見ていると、手を出したくなってしまう。

「前に抱いてから、二週間ぐらい経つよなぁ……。したがりのおまえが我慢できてんのか？」

なめらかな頬《ほお》のラインを指でなぞっているうちに、時田の形のいいくちびるが軽く開いた。息する音につられてキスしてしまおうかと思ったが、なんの気なしに、人差し指をゆっくりと時田のくちびるの中に潜り込ませた。

「……っん……」

夢うつつなのだろう。温かな舌を指に素直に巻き付けてくる時田の寝顔に欲情してしまい、やめるにやめられない。

くちゅりと響く音に頬が熱くなる。まるで、フェラチオをさせているみたいで、罪悪感と心地好さの狭間《はざま》で揺れてしまう。

この三年で数え切れないぐらい時田を抱いてきた。他の男と遊ぶ気を起こさせないためにも本気で感じてほしいし、愛したい一心で小林が奉仕する場面が多かった。

多くの男と遊んできた過去があっても、愛撫《あいぶ》に時間をかければかけるほど時田の四肢は柔らかにほどけ、熱っぽく小林に絡みついてくるのだ。

あれを一度でも知ったら、乱暴に扱うなんてことは絶対にできない。

「……国彦」

名前を呼びながら指を引き抜き、もう一度押し込んだ。人差し指を舐《な》めさせられているなんて、時田はそれこそ夢にも思っていないだろう。

バレたら絶対に怒るはずだとわかっていても、指を引き抜くときにぬるっと絡みついてくる舌の柔らかさがたまらなく気持ちいい。

何度か指を挿入し、咥《くわ》える時田の寝顔に見入った。これ以上したら時田を無理やり起こして抱きたくなるというぎりぎりの瞬間まで、秘密の愛撫に浸った。

「俺……なにやってんだ。酔ってんだよな……ごめん、国彦」

昂《たか》ぶりつつあった己をなんとかなだめ、未練たっぷりに濡《ぬ》れた指を時田の口から抜いた。時田のくちびるが物欲しげに二度三度開いては閉じ、また穏やかな呼吸を取り戻す。

「たまには、強引に起こして抱いてもいいのかなぁ……。でも、そんなことしたらおまえに一発で嫌われるよなぁ……」

女々しいことを言っているなと苦笑し、まだ身体の奥底で燻《くすぶ》る欲情を消すために意識して深呼吸した。

このまま時田の寝顔を見続けていたらおかしくなりそうだ。頭を振って立ち上がり、風呂に入ることにした。ここ最近、帰りが遅い小林に代わって、部屋の掃除は時田がすべてこなしてくれている。今日も風呂場中が綺麗に磨いてあった。洗濯はそれぞれ週末に片付けることにしているが、それも近頃では時田がまとめてやってくれている。

清潔なタオルで濡れた髪や身体を拭《ふ》き、自分の寝室に戻ろうとしたが、物足りなさがまだ残っている。向かいの部屋をのぞくと、時田はベッドの端に寄って背中を向けて眠っていた。それをいいことに素早く時田のベッドに潜り込み、背中から軽く抱き締めた。

「俺と同じ匂《にお》いだ……」

時間に追われてセックスできなくても、こうして抱き締めているだけで安心する。うなじのあたりに顔を埋めて微笑み、小林は瞼《まぶた》を閉じた。四時間ほど寝たらまた出社しなければいけない。飯嶋たちに提案された企画を練るためだ。

時田よりも早く会社に出て、時田よりも遅くに帰る日々はまだしばらく続くはずだ。こんなふうに黙って抱き締めることも、時田は知らないだろうが、それでいい。わざわざ言うのは無粋な気がする。

「ごめんな、……でも、ありがとな。国彦がいてくれるから俺は頑張れる」

時田に心からの感謝が届くことを願いながら髪にくちづけ、小林も深い眠りに引き込まれていった。

副編の飯嶋と話をするようになった日から、小林の身辺はとたんに慌ただしくなった。いつもこなしている仕事に加えて、飯嶋や三澤たちがひそかに追っている政治家の汚職をすっぱ抜くための裏付けを取るチームに入ったからだ。

「部署内でも極秘扱いの事項だ。絶対に外に漏らさないように」

飯嶋がそう念押ししてきた少数精鋭のチームに入れた嬉しさと誇らしさは、たぶん一生忘れられないだろう。ようやく、特集班ならではの醍醐味《だいごみ》が味わえそうだと期待に胸が逸《はや》った。

——時田にも内緒ってことか、と気づいたときには胸がちくりと痛んだが、仕事なのだから仕方がない。

「……コバ、おい、コバったら。いつまで資料読んでんだよ。おでん、冷めるぞ」

コンコンと私室の扉を叩《たた》く音と同時に、時田の声が聞こえる。

「あ、あ、悪い、つい夢中になった」

久しぶりに自宅で過ごす週末なのに、小林は仕事の資料を収めたノートパソコンを持ち帰り、私室にずっと引きこもっていた。その間、時田はあれこれと家事を片付けたうえに、食事の支度までしてくれたようだ。

「うわ、いい匂いがする。国彦、おでんなんて作れたのか」

「作れるわけねえだろ。コンビニで売っていたのを温め直しただけだ」

綺麗に掃除されたリビングのテーブルにはカセットコンロと二人分の食器が用意されている。小林も時田も掃除や洗濯はできるのだが、自炊だけ苦手だった。

普段から外食が続くのが当たり前だったが、日に日に寒さが増していくこの季節、リビングの窓が湯気で曇るほどのいい匂いにはつい腹が鳴ってしまう。

「座れよ。今、鍋持ってくる」

「俺もなにかするよ」

「なにもないから座ってろ」

素っ気なく突き放されて、しょうがなく腰を下ろした。

週末の室内では時田もラフな格好で、小林が買って渡した最近はやりのフリースジャケットを羽織っている。

色違いを小林も着ているので、一緒にいるとペアルックになってしまうのが少し恥ずかしいものの、時田が『これ、温かいし、洗濯が楽でいいよな』と思いのほか好意的に受け取ってくれたことは嬉しい。

以前の時田だったら、『ペアルックなんて死んでもやらない』と強情に突っぱねていたはずだ。そこも、この三年で少しずつ寄り添ってきた成果だろうかと思うと自然と口元が緩む。

「なにニヤニヤしてんだよ、気持ち悪ぃな。コバ、なに食いたいんだ？　最初はやっぱ、大根とたまごか」

「うん、それでいい。ありがとな」

コンビニで買ってきたというおでんの具材を深めの鍋に移し替えただけでも、ぐっと雰囲気が盛り上がる。

皿を渡してくれた時田に礼を言い、ほくほくと湯気を立てる大根を頬張った。

「うん、ウマイ。最近、コンビニのおでんもバカにできないよな。これで土鍋だったらもっと美味しそうに見えるかな」

「どっちも自炊しないんだから、土鍋なんて邪魔なだけだろ。買ったって年に一、二回使うかどうか」

「でも、カセットコンロはあるじゃないか。これ買ってきたの、国彦だろ?」

「そうだけど……これは非常用にも使えるからいいだろ」

照れくさいのか、決まり悪そうな顔をしている時田から菜箸《さいばし》を取り上げ、「なにがいい?」と聞いた。

「国彦の最初はやっぱり、つみれと大根だよな」

「サンキュ」

「好きなもんがかぶってるのって、なんかいいよな」

「おでんぐらいで喜ぶなよ」

憎まれ口を叩く時田も、練り辛子をつけた大根をふうふう冷まして齧《かじ》り、「ウマイ」と頷いている。

互いに好き嫌いがなく、なんでも食べられるのはよかった。少し違うのは、時田が極度の猫舌という点だ。レトルトシチューやカレー、おでんを温めたとき、小林の舌がぬるいと感じるぐらいが、時田にはちょうどいいようだ。

そういうことも、同居するまで知らなかったことだ。端整な面差しの男が熱々のおでんを懸命に冷まして用心深く口に運んでいる姿は、なんとも微笑ましくて、つい見とれてしまう。

「なにジロジロ見てんだよ」

「いや、国彦が熱いものを食べてるときの顔は可愛《かわい》いなと思ってさ。苦心惨憺《さんたん》してるところにそそられる」

「……ほんっと、おまえ、俺にベタ惚《ぼ》れなのな」

「当然」

呆《あき》れた声に平然と笑い返すと、時田も機嫌を直したようで苦笑いしている。せっかく二人きりの週末だ。穏やかに過ごしたい。

「コバ、今日も明日も家にいられるのか」

「今週は大丈夫だ。資料読みがあるけど、そう急ぐものじゃないから」

「そうか。ならよかった。最近のおまえ、見ていてちょっと心配になるぐらい忙しいもんな。

休めるときに休んだほうが……って、また、なにニヤニヤしてんだよ」

「いや、俺、自分で考えてるよりも国彦に愛されてるんだなと思ったら嬉しくてさ。心配してくれたのか?」

「いちいち聞き返すな。俺は原稿引き取りや資料整理に追われてても、特集班のおまえに比べたら断然暇なんだよ。それなりに部署内に目を配るのが自然だろうが。嫌でも視界に入ってくるんだよ、コバは」

「でも、本気で嫌な奴だったり、なんとも思ってない奴ならそもそも視界に入ってこないだろう。ってことは、やっぱり国彦は俺を特別視してくれてるってことだよな」

言うなり、テーブル下で軽く足を蹴《け》られて笑ってしまった。何年経っても、時田は甘く優しい言葉の応酬に慣れられないらしく、今も耳が真っ赤だ。

「甘ったるいことばっか言ってんじゃねえ。そっちはどうなんだよ」

「俺?　もちろんいつも国彦のことが頭にある。その点ではおまえに勝てる自信があるよ」

「どうだかな。さっきも俺が何度か呼んでやっと気づいたじゃねえか。飯嶋さんたちとの仕事が楽しいんだろ」

「ハハ、うん、まあな」

ここは下手に嘘《うそ》をつくべきじゃないと思ったから、素直に認めた。

仕事に精力を注ぐという点でも、小林と時田は気が合っていた。長く愛し合うなら、価値観の一致が大事だ。声をかけるとき、黙っているときのタイミングが、時田とは不思議なぐらいにぴたりと合った。

　とはいえ、今夜の時田はおとなしく引き下がるつもりはないようだ。

「やかましい社内はしょうがないとしても、一緒に家にいるときぐらい、俺が呼んだら一回で答えろよ」

「ごめん。今度から気を付ける」

　渋面の時田が言うことももっともだ。細かいところで手を抜くようになったら、いつかこの関係は破綻《はたん》してしまう。

「洗い物は俺がやるから。買ったままで遊んでないプレイステーションのホラーゲーム、一緒にやろう」

「あー、コバ、また俺にコントローラを持たせようとしてんだろ。ドアが開くたびギャーギャーわめくなっつうの。たかがゲームだろうが」

「怖いもんは怖い」

　食べ終わった食器をシンクに運び、二人してテレビの前のソファに座り込んだ。

　ここ数年、大人でものめり込んでしまうテレビゲームが続々発売されていて、部署内でも話題になることが多い。

　格闘ゲームやカーレースなら対戦できるが、今夜遊びたいのは、一作目でいきなり大ヒットを飛ばした本格派ホラーゲームの続編だ。謎《なぞ》めいた屋敷に入り込んでしまったプレイヤーは、ドアを開けるたびにおぞましいゾンビに襲われ、さまざまな武器を使って倒していかなければいけない。謎解き要素とアクション要素がうまく組み合わさったゲームだが、凝りに凝った演出が、実際にプレイしている時田の隣で見ているだけの小林をも怖がらせるのだ。

「ホラー映画は平気なんだけどな……、ゲームはびっくりするんだよ……って、うわあああっ！　バカ、そのドア開けるな！　ゾンビがぞろぞろ出てきてどうすんだ、おまえ、まともな武器あるのか！」

「このドアを開けないと先に進めないんだよ。さっきライフルを拾ったから大丈夫だ」

冷静な顔でゾンビを倒し、謎解きに挑む時田はこの手のゲームが大の得意で、一度も怖がったことがない。

「うーん。……この非常階段を使うには、さっきのフロアにあったノートの書き込みが鍵になるのか……なんだっけなアレ、メモるの忘れたな……」

真剣な横顔を見ていたら、ついこの間、そのくちびるの中に指を滑り込ませたことが不意に浮かんでくる。切羽詰まった欲望に煽《あお》られ、小林は「国彦」と呼んだ。

「なんて書いてあったんだっけ……」

「国彦、俺が呼んでるんだから答えろよ」

「……え？」

コントローラを握ったままの時田が目を瞠《みは》り、振り向く。顎《あご》を指で摑み、軽くくちづけた。

時田はちょっとびっくりしているが、逃げるわけではない。

「なんだよ、ゲームの途中なのに」

「したい。国彦を抱きたい」

「……っ、いきなりかよ」

低く囁いて耳たぶを囓ると、時田の身体がびくんとしなる。

「ダメだ、我慢できない。ここしばらくしてなかったから、国彦にちゃんと触りたい」

「データセーブ、ぐらい、させろ……」

「じゃあ早く」

もたもたした手つきの時田がデータセーブするのを見届けたら、コントローラを取り上げ、テレビのスイッチを切った。

頭を両手で摑み、髪を優しく梳《す》きながらくちびるを重ね、最初からきつめに吸った。

「ん……ッ……」

とろりとした唾液《だえき》を伝え合う濃密なキスも久しぶりだ。くちびるの表面をしつこく擦り合わせ、そこがじわっと疼《うず》き出すような快感を覚える頃には、時田も両手を背中に回してきて強くしがみついてくる。

「ダメだ、って、まだ風呂、入ってない……」

「いい、べつに。俺が国彦の全部、舐《な》めてやる」

「う……」

時田の首筋を強く嚙《か》みながら身体を引き寄せ、背中から抱き締めた。あやすように、ちゅっ、と甘い音を立てて頬やうなじにキスし、フリースジャケットを開いてシャツの下に手を潜り込ませると、時田の息遣いが浅くなる。

「ん、ん……！」

熱く湿った肌のどこを触っても興奮してしまう。同じ歳でも、同じ男でも、時田ほど悩ましく潤む肌を持つ者は他にいない。いつまでも触っていたくなるような吸い付き方をする艶《なま》めかしい肌のあちこちを探り、やっと乳首をつまむと、時田が前のめりに身体を倒す。

「そんなに嫌か、これ」

こりっとした淫《みだ》らな芯《しん》を孕《はら》んだ乳首を指の腹でこね回し、散々揉《も》み潰《つぶ》しながら聞くと、肩越しに悔しげな顔が見えた。

「……ッ……言いながら、つねるな……！　あ、あ、――あぁ……っ……」

愛撫に溺《おぼ》れて時田は少しずつ沸騰し、身体を開いていく。喘《あえ》ぎが強い愛撫をねだるように掠《かす》れていくのがたまらなくいい。

「おまえは俺だけのものだ、国彦。足、開いてみろ」

「……う、ん……」

身体を預けてくる時田を抱き留め、とっくにきつくなっているジーンズの前を開けてやった。ぶるっと鋭角に勃ち上がる細めの性器を根元から扱《しご》き上げると、「あ、あ」という泣き声に近い喘ぎが響き渡った。

日頃、凛《りん》とした雰囲気の時田が甘く溶け崩れる瞬間が、小林は好きでたまらなかった。他の誰にも感じたことがない執着と独占欲が胸に渦巻き、時田をもっともっと泣かせたくなる。

「……国彦は俺だけの男だ。わかってるだろ」

「わかって、る、わかってるから、はやく……」

多めの愛液が竿《さお》を滴り落ち、骨張った小林の手を濡らしてぬるっと滑る愛撫を一層きわどいものにさせる。

「……おまえのここ、触ってるだけで俺まで興奮してくる」

「コバのも、……触りたい、一緒に……」

「わかった」

もどかしくジーンズを脱ぎ落とし、身体の位置を変えて正面から膝《ひざ》に乗ってくる時田のものと一緒に扱いた。

「あ、っつい……、……コバ、なんだよ、いつもより、デカい……」

「国彦を抱いてるからこうなるんだ。顔、こっち」

「う……んん、んっ……ん、っふ……っ……」

大きく張り出した亀頭の割れ目をくすぐってくる時田に負けじと、濡れた舌をしゃぶった。互いの性器を昂ぶらせるのと同じタイミングで時田は赤い舌をくねらせ、半端に開いたくちびるから色っぽい吐息を漏らす。

「……い、く……っ、あ、ッ、あ、ッ……!」

煌々《こうこう》と灯《あか》りが点いたリビングのソファで、中途半端に服を剝《は》がれて肌を真っ赤に火照《ほて》らせた時田が身体を震わせて吐精する様は、夢に見そうなほどに淫らだ。小林も我慢できずに時田の手の中にどろりと大量に放ち、夢中でキスを続けた。

「国彦、このまま、してもいいか」

「……しょうがねえな……、いいよ、べつに……」

一度達しても熱が収まらないのは時田も同じなのだろう。軽く浮かせた尻の奥に指を這《は》わせると、待ちきれないように窄《すぼ》まりがひくついているのがわかった。

何度身体を重ねても、剛直を受け入れる時田の衝撃のことを考えると乱暴に突き挿《い》れることができない。

寝室に行けばローションがあるのだが、リビングにはなにもない。指を唾液で濡らし、時間をかけて窄まりをぬちぬちと広げていった。

指にまとわりつく粘膜の感触を早く己のもので味わいたいという欲求と、——焦るな、焦って彼を傷つけることだけはしたくないという理性がせめぎ合う。

「焦らすなよ……もう……」

いきり立つ小林のものが尻の間を擦るだけで感じるらしく、時田は身体をのけぞらせる。

「もういいから、挿れろよ……」

「でも、まだ十分に柔らかくなってない。もう少し我慢しろ」

「いいって言ってるのに」

汗ばんだ額にかかる髪をかき上げる時田が悔しそうにくちびるを噛み、鮮烈な色気を浮かべた視線で狙《ねら》い澄ましてくる。

「……たまには、いきなりしろよ」

「国彦？」

「俺はそんなにヤワじゃない、コバだったらいきなりでもいい」

「でも、それはおまえがつらい。つらい顔をさせるのは俺の主義じゃない」

「主義とかどうとか……どうでもいい、……ていうかさ、余裕こいてねえで、たまにはがっつけよ……俺は、コバならそういうふうにされたいのに……」

胸に顔を押しつけてしまうから、時田の言葉はうまく聞き取れなかった。中がじわりと熱く潤み、これなら大丈夫だろうかと時田の腰を掴んで持ち上げた。

「……あ……」

騎乗位は時田にとってつらい体位のはずだが、一度達しているせいか、声が甘く蕩《とろ》けている。

人並み以上の硬さと大きさがある小林のものをゆっくりと飲み込んでいくところが見たくて、肩にかろうじて引っかかっているシャツの裾で隠そうとする時田の手をどかそうとしたが、相手もさすがに恥ずかしいらしく、ひどく嫌がる。

「見せろって。俺のものがどういうふうに国彦の中に挿ってんのか、見たいんだよ」

「見せない。……エロ親爺みたいなこと、言うな」

「なんで。いいだろ。エロいのは当たり前だろ」

「ダメだ、絶対、……あ、あぁ、いい、そこ、……」

中ほどまで小林を受け入れた時田が声を上ずらせる。

きゅうっと甘く締め付けられた小林も目がくらむような快感に襲われ、激しく腰を揺らした。瑞々《みずみず》しい肌が艶めかしい声とともに吸い付いてきて、声にならないほど気持ちいい。じっくりと時間をかけて暴きたいが、久しぶりのセックスだから我慢がきかない。

「国彦、すごくいい、ごめん、一度、……いってもいいか」

「ん、……ん……俺も、ダメだ、いきたい……」

きつくしがみついてくる時田と呼吸を合わせ、昇りつめるきっかけを掴むまで、あとほんの少しだった。

突如、ソファの片隅に転がっていた携帯電話が無遠慮に鳴り出し、互いにぎょっと顔を見合わせてしまった。

「……コバの携帯、だろ、あれ」

「うん。そうだけど……」

「出ろよ」

「でも」

「いいから出ろって。仕事の連絡だろ」

言い合っているうちに興が冷めたらしく、時田はすっと身体を離し、服をかき合わせてリビングを出て行ってしまった。

小林も自分の間抜けな格好にため息をつき、なんとか取り繕って電話に出るなり、緩んでいた意識が突然引き締まった。

「――飯嶋さん、なにか急用でも？」

電話の相手は副編の飯嶋だった。

『休みの日に悪いな。明日なんだが、夜、出社するか』

「明日は……いや、出る予定ではなかったんですが」

『この間から進めている件について、三澤と三人で話し合いたいんだ。日曜の夜は編集部も人が少ないし、ちょうどいい。出られるか』

かすかな物音に振り向くと、シャワーを浴び終えた時田が仏頂面で濡れた頭を拭《ぬぐ》っている。

ちらっと見ただけでも機嫌が悪いのはわかったが、『もしもし？』と電話の向こうの飯嶋に小林はひと息ついて、「わかりました」と言った。

同性ながらも小林と時田が恋人であることや同居していることは、誰にも明かしていない秘密だ。自宅の固定電話も二つあり、小林と時田では違う番号を持ち、出社や退社時にも気を遣い、互いの仲を長く続けていこうと最初に約束したのだ。

「明日の夜、出社します。何時頃がいいですか」

それからも飯嶋と話し合い、電話を切った頃には、時田が少し距離を置いてソファに座っていた。長い足を行儀悪く伸ばし、ふんぞり返っているあたりから、文句なしに不機嫌らしい。

「ごめんな、タイミング悪くて」

「謝ることじゃない。仕事だからしょうがないだろ。……日曜の夜に出社するなんて、どんな内容の仕事してんだ」

「それは……ごめん、言えないんだ。政治家絡みの記事だけに、詳細は言っちゃいけないと飯嶋副編からきつく言い渡されてる」

「恋人の俺にも言えないのか?」

「本当にごめん」

「ごめんごめんって、おまえ、さっきから聞いてると謝りっぱなしだよな」

時田の声が低くなる。

「自分に非があると本気で思っての謝罪か? それとも、ごめんって言っておけば今の俺が納得するとでも思ってるのか」

「違う、そんなつもりじゃない、そうじゃない。……仕事を家に持ち込むようになって、悪いと心から思ってる」

「俺に手伝えることはないのか？　コバを手伝うことはできないのか？」

「気持ちは嬉しいけど……今の俺にはまだそういう権限がない。極秘スクープを狙うために、飯嶋さんだけが集めたチームなんだ。なんとかわかってくれ」

懸命に訴えた。自分の発する言葉に真実味がないと思われるのが一番つらい。それがわかっているのか、いないのか、時田は浮かない顔で頭をぐしゃぐしゃと拭き続けている。

「……無茶を言ってるのは俺だよなぁ。お決まりの仕事ばっかやらされて、ホント、こっちもうんざりしてんだよ。いつになったら俺はコバみたいに一線に立てるんだろうな」

「時田なら来年の今頃は絶対に特集班にいるって。大丈夫」

「なんの根拠があって大丈夫なんて言えるんだ」

仕事ができる自信があるだけに、時田が苛立つのも無理はないと思う。だが、郷に入っては郷に従えという言葉どおり、今の『週刊央剛』には時田がまだ知らないルールがいくつもある。

「一緒に雑誌を作るっていうのが俺たちの目標だろ。頑張ろうよ」

「来年の今頃になっても、俺がまだちんたらと作家先生に頭を下げてたり、資料整理に溺れてたら？　コバ、それでもまだ頑張れって言えるか？」

「言うよ。時田はなぜ自分に今の役割が与えられたのか、ちゃんと反芻《はんすう》して仕事する人間だろ。大変で面倒だけど、時田なりになにかを掴むはずだって上の人は判断したから、まずは週刊誌の雰囲気に慣れるためにも、連載記事班に配置したんだと思う。そもそも、おまえに編集者としての才能がなかったら、『週刊央剛』入りは果たせていない」

「言うな、コバも。自分に才能があるって言ってるのと同じだ」

皮肉っぽく笑う時田が立ち上がる。

「前とちょっと変わったよな。おまえ」

「どんなふうに」

「傲慢《ごうまん》になったたっていうか、鼻につくっていうか。有言実行が格好いいと思ってるクチだろ。……なーんか暑苦しい」

「おい、国彦」

「寝るわ、じゃあな。明日は俺も出かけるから気にすんな」

言うだけ言ってリビングを出て行く時田を引き留めることはできなかった。

途中までいい雰囲気だったのに、どうしてぎくしゃくしてしまったのだろう。電話のせいか、自分のせいか。

「愛情表現が足りないのかなぁ……」

なんだか虚《むな》しい。天井を見上げ、小林はため息をついた。

少し気まずくなったからとはいえ、働いているところも住んでいるところも同じとなると、顔を合わせないほうが不可能だ。軽い諍《いさか》いはすでに何度か体験しているので、今回も様子を見つつ、こっちから声をかけ、機嫌を直してもらおうと思っていた。

しかし、一度ずれたタイミングはなかなか戻せなくなってしまった。

いつもより早めに仕事が終わったので、一緒に食事でもして帰ろうと連載記事班のブースに行くと、時田の姿はなかった。

「時田さんならもう帰りましたけど」

「もう?　まだ十一時じゃないか」

「コバさんのいる特集班と違って、うちはのんびりしてるんですよ。終電を乗り過ごしてもやる仕事じゃないし」

資料整理にあたる若手がコートを羽織りながら自嘲《じちょう》気味に笑うのを、小林は黙って見ていた。

彼も時田同様、この春、別部署から晴れて『週刊央剛』への異動を果たした一人だ。すぐに新鮮な記事作成の現場に携わるのではなく、過去の大量の資料を次々スキャニングしてデータ化したり、作家たちから原稿を預かって黙々と目を通すという地味な作業に辟易《へきえき》しているところも、時田と似ている。

「時田さんに伝言なら俺が受けておきましょうか？」

「いや、いいよ。急ぎじゃないし。お疲れ、きみも帰るところ？」

「はい、もう出ます。お疲れさまでした」

若手が先に帰るのを見送り、——すれ違ってるな、と寂しく思う。

一緒に暮らしていても、職場が同じでも、顔を合わせられないとまともに話もできない。今すぐ自宅に帰れば、時田と話す時間が少しでも作れるかもしれない。そう思って部署を出ようとすると、「小林？」と声がかかった。

「ああ、飯嶋さん」

副編の飯嶋がコートを片手に立っていた。小林や時田より一回り上の四十三歳と聞いたのだが、年齢より若く見える。

シンプルな眼鏡が似合う整った顔立ちをしているせいか、女性社員にも彼に憧れる者が多いが、生憎《あいにく》、飯嶋の左手の薬指には指輪がはまっている。

「帰ったと思ってた。どうした、この班になにか用か」

「いや、用っていうか……俺の同期とメシを食おうかなと思ったんですが、先に帰っちゃったみたいで」

「そうか。じゃ、俺が相手でどうだ」

「いいんですか？　せっかく早く帰れる時間だし、ご家族が待ってるんじゃないですか」

「構わない。いつものことだ」

醒めた口調が飯嶋の特徴だ。

感情をあらわにすることなく、冷静に、秘密裏に物事を運んでいくのに長《た》けており、さすがは次期編集長だと噂される人物だけのことはあると感心してしまう。

そんな飯嶋の誘いを断る理由もなく、「わかりました。よろこんでお供します」と小林は頭を下げた。

「三澤も誘おうと思ったんだが、麻雀の先約があると言われた」

「ああ、三澤さんの麻雀好きは煙草と同じぐらい、死ぬまで直らないですよね。『小説央剛』にいたときもよく作家さんと卓を囲んでましたよ」

「コバは？　麻雀やらないのか。ていうか、なに食べたいんだ」

「麻雀はつき合い程度ですね。食べ物で好き嫌いはないし、腹も減ってるし、なんでもいけますよ」

「じゃ、焼き肉にしよう。安くてウマイ店があるんだ」

淡々と決めていく飯嶋と一緒に電車に乗り、央剛舎のある御茶ノ水《おちゃのみず》から、新宿へと出た。平日の夜とはいっても、十一時過ぎの歌舞伎町《かぶきちょう》は多くの人であふれている。二丁目方面へ行くと、時田と今でもたまに通うバー『キブラ』があり、そっち方面での知り合いとも顔を合わせるかもしれない。小林の懸念をよそに、飯嶋は新宿コマ劇場近くの雑居ビルに入った。

「このあたり、飯嶋さんはよく来るんですか？」

「わりとな。食べたり呑んだりするのに困らないし、思いがけない情報が拾える場所でもあるだろ。学生時代からしょっちゅう来てた。この店だ」

　案内された焼き肉屋は接待に使うような高級店ではなく、もっと気軽に食べられる雰囲気だ。しかし、場所が場所だけに、普通の勤め人はあまりおらず、この界隈《かいわい》で夜の仕事をしていると思《おぼ》しき客ばかりだ。ひょろりとしていても長身の小林と飯嶋が店内に入ると、近くのテーブルに座っていた若く派手な男性グループがちらっと鋭い目つきを向けてくる。

　どこかのやくざか、はたまたホストか。

「べつに緊張するような場所じゃない。普通に食って金を払えばちゃんと帰れる店だ」

「わかりました。ちゃんと帰れるようにしっかり食べます」

　慣れた感じで笑う飯嶋に頷き、小林は腰を据えることにした。

　——もともと二丁目出身なんだから、こういう雰囲気には慣れている。怖《お》じけても始まらない。食べるときに食べておかないと。

「飯嶋さん、生ものっていけますか？」

「ああ、大丈夫。とりあえず最初はビールで」

「わかりました。じゃあ、ジョッキ二つとレバーとココロとユッケとミノとタン塩と……」

　ひととおり注文し、運ばれてきたジョッキで乾杯したあとは、遠慮なく肉に箸をつけた。

「うわ、ホントだ。レバーがめちゃくちゃウマイですね。味が濃厚」

食欲旺盛な小林に、飯嶋はちょっと可笑《おか》しそうに笑っている。

「俺が思っていたより、案外肝が据わってるな、コバは」

「そうですか？　……そうかも、俺、図々しいですよね。すみません」

「いや、それぐらいじゃないとあの部署ではやっていけない。煙草《たばこ》、吸ってもいいか」

「どうぞどうぞ、俺もスモーカーなんで。先に、肉いただきますね」

「どうぞどうぞ」

声音を真似《まね》た飯嶋に思わず吹き出してしまったことで、肩の力が抜けた。

「うちでの仕事がどんなものか、コバにもそろそろわかってきただろ」

「はい、なんとか。飯嶋さんの……政治家の汚職をすっぱ抜くチームに加わらせてもらったことで、本当の情報収集のやり方がやっと摑めた気がします」

「まだ序盤だけどな」

粋な仕草で飯嶋が煙草の煙を吐き出す。

「なんにせよ、俺のチームに加わってもらった以上は、三澤もコバにも出世してもらう」

「出世、ですか」

「上に行く気、あるだろ。一介の編集者として終わるつもりはないよな」

「……はい。チャンスがあれば、ぜひ上に」

感情の起伏がない声だが、小林は顔を引き締めて頷いた。

「おまえには早めに、本当のことを言っておこう。ウチの部署は、配属されて一年から二年以内に特集班に上がらないと、それ以上の出世は難しい。特集班では今のところ、俺の発言権が一番大きい。他の副編につくのはそれはそれで違う活路があるだろうが、将来的にあの雑誌を動かすのは俺だ。だから、俺についてくるのは正解だ。コバも三澤も、かならず昇格してもらう」

よほどの自信家か誇大妄想狂でしか言えない台詞《せりふ》をさらりと口にする飯嶋が、切れ者なのは確かだ。頭のいい上司に認められるのは嬉しい。

けれど、才能ある者を妬《ねた》むという気持ちが飯嶋にはないのだろうか。不躾《ぶしつけ》かと思ったが、聞くなら今しかない。

「もし、自分より才能がある編集者が部下についた場合、飯嶋さんはどうするんですか？　他チームに飛ばしますか？」

「いや、しない。才能がある奴ほど手元に置いて熟成を待つ。雑誌は俺一人で作れるわけじゃないからな。ただし、いつでも完璧《かんぺき》なスターティングメンバーをそろえておきたいというのが俺の考えだ」

「凄《すご》いですね……。そこまではっきり言う方って、失礼ながら初めてお会いしました」

「俺だって普通は言わない。ただ、コバや三澤は即戦力としちゃSクラスだ。『週刊央剛』という雑誌自体に、俺はもっと余裕と知識を持たせたいと思っている。今は政治と社会と芸能の全部を請け負っている特集班も、各情報に強い編集者をそろえたチーム編成をする予定だ」

「つまり、特集班の中の政治班、社会班、芸能班ということですか？」

「そのとおり。コバや三澤には早いうちに、俺の考え方を知っておいてほしかった。嫌だったら正直に言ってくれたほうがいい。嫌か？」

「嫌じゃありません」

「政治と社会と芸能とチームが分かれたら、どこに来たいんだ」

「やっぱり政治です。その次に社会かな。大きなニュースに直《じか》に触れたい」

即答した小林を、飯嶋はじっと見つめてくる。本音を隠していないかどうかと探る直視に、小林も怯《ひる》まなかった。

ようやく納得したらしい、飯嶋は一つ頷いて煙草の吸いさしを灰皿に押しつけた。

「とりあえず食おう。話はそのあとだ」

「はい」

顔を合わせたときから手強《てごわ》い人物だと想像していたが、これほどとは。不安と期待をない交ぜにしながらも、小林は香ばしく焼ける肉を黙々と口に運んだ。

ジョッキをお代わりし、二人して満腹になったところで、互いに煙草に火を点けた。

「ところで、コバは時田と仲がいいみたいだな」

「ええ、同期ですし。『小説央剛』を立て直すことができたのも、営業部の彼の力添えがあったからこそです」

「でも今はウチの編集部員だ。どうだ、コバの目から見て、あいつは編集者として有能か」

「なんでそんなことを同期の俺に？」

まさか自分たちの関係に感づいて探りを入れているのだろうかとわずかに眉《まゆ》をひそめると、飯嶋は軽く頭を振る。

「同期だろうと後輩だろうと先輩だろうと、能力があるかないかぐらい見分けてくれ。同情の余地なしに」

「時田には編集者の才能があると思います。営業部出身だから数字の動きを読み取るのが早いし、アイデアも豊富で彼らしい魅力があります。ずっと編集畑にいる俺とはまた違う冷静な視点や行動力を持っていると思います」

「自分より時田は上だと思うか」

「……どうなんでしょう、そういう考え方はしたことがありません」

彼が営業部所属でいい成績を上げていた頃も、さすがだなと思ったことはあるが、能力が上か下かという発想はしたことがない。

「じゃあ、そう考えるように癖をつけてくれ。上に立つ者は自分も含め、他人の力量を正確に摑んでうまく使うことが必要だ」

「使う？　……時田も、ですか？」

「そうだ」

　飯嶋は眼鏡を押し上げ、なにか文句あるかとでも言いたげに煙草の煙を噴き上げる。

　時田を使う、という言葉には素直に頷けない。彼はモノじゃない。さっき飯嶋に言ったとおり、時田には時田なりの魅力がある。だからこそ、仕事でも、私生活でも惹《ひ》かれたのだ。

　小林が沈黙したことで気分を害したといち早く気づいたのか、飯嶋は新しい煙草に火を点けてゆったりと吸い込む。

「俺の言葉がきついと思っているようだが、いい。本当のことだ。会社という箱の中で成果を出していきたいなら、自分のやってみたいこと、実際にできることの二つをちゃんと見極めろ。俺は小林を見込んでいるが、おまえがやりたいことをそのまんま実現できるほどの力はまだ持ってない。時田はそれ以下だ」

「……以下、ですか」

「そう怖い顔するな。こういうことはオブラートにくるんで言うと逆に誤解を招くから、正直に言うことにしている。今の時田は、まだ特集班にもグラビア班にも上げられないと言いたいだけだ」

「どうしてですか」

「作家から原稿を預かって、資料整理を早々に切り上げて、毎日終電前には帰ってる。徹夜してまでする仕事じゃないことを、義務的に仕方なくやっているとしか見えない。コバ、雑誌の資料整理ってやったことあるか」

「はい。前の部署では、担当作家が小説を書く際に必要な資料の一連に目を通して、分野別にファイリングしたことがあります」

「それで学んだことはあったか」

「学んだこと……ですか。それまで興味がなかったことをいろいろ見たかな」

「どんなときでも意識のチャンネルをオープンにしておく。そうすれば知識がどんどん入ってくる。今すぐ必要な知識じゃなくてもいつか役立つ。逆に言えば、必要なときに限って欲しい情報は探せないものだ。結局、日頃からの積み重ねが編集者の知識の層を厚くするんだ」

「飯嶋さんの言うとおりだと思います」

筋の通った言葉に呆気《あっけ》に取られながら、頷いた。飯嶋は本物の実力者だ。

「会計してくれ」と飯嶋がそばを通りかかった店員に頼む。

「今日はここまでにしよう。俺はべつに時田を低く見ているわけじゃない。連載記事班の仕事で、時田なりになにか摑んでくれるといいんだが」

「俺もそう思います。あの、それとなく伝えてみるようにします」

「ほどほどにな。同期なんだろ。でも、編集者としての経験はコバのほうが長い。あんまりくどくど言うと時田を苛つかせるだけだ。——ところで今日の酒は美味《うま》かったか?」

「え？　あ、ああ、はい。とても美味《おい》しかったです」

いきなり話題が切り替わったけれど、小林は素直に頷いた。

「会社勤めをしている以上、男は出世しないと本気で美味い酒が呑めない。嫌な奴や尊敬できない奴にこき使われるだけの悔しい立場で呑む酒は、つらいだけだ」

「……本当にそうですね。今日の酒はお世辞抜きに美味しかったし、腹にずしっと来ました」

本音を漏らすと、飯嶋がふっと肩を揺らして笑う。

その横顔に、やっぱりこの人はすごい、とあらためて感心していた。自分なんかより、ずっと先のことを考えている。物事を広く考えられるのも、百名以上の部員を抱える週刊誌の副編ならではだろう。

——指揮する立場に行きたいなら、飯嶋さんのように部下を信じながらも、一歩距離を置いて冷静になることが必要なんだ。俺はその点まだまだ甘い。『小説央剛』を立て直したり、時田から面倒な男を追い払ったことで自信がついたと慢心していたんだ。飯嶋さんを見習って、もっと大局的な物の見方をしないと。

約束したとおり食事代を折半したが、飯嶋が多めに払ってくれた。

「俺のほうが呑んでるし。気前よく奢《おご》るのは給料出たあとな」

「いえ、いいです。少しでも出せれば俺も気が楽です。これ、接待じゃないし。いろいろ聞かせてもらえて嬉しかったです。またぜひ、一緒に呑んでください」

「そうだな。俺も楽しかった。また呑もう」

上司とはいえ奢られる一方では気が引けるし、互いにそこそこ稼いでいる歳だ。小林にとっても飯嶋のやり方はスマートに映った。理想の上司、理想の大人というのは飯嶋みたいな男を指すのかもしれない。

飯嶋と別れたあと、コンビニで買った牛乳を飲み、ついでにトイレを借りていつも持ち歩いている携帯歯ブラシで丁寧に歯を磨いた。仕上げにミントのタブレットを数粒噛めば、完璧だ。

午前二時過ぎ、高揚した気分で家に帰ると、時田はとっくに寝ていた。

私室をのぞき、背中を向けて眠る時田に小さな声で「おやすみ」と告げて、小林もさっさと風呂に入ってベッドに潜り込んだ。

飯嶋とはそれ以後もちょくちょく呑むようになった。歳が離れていても気が合う上司などそうそういるものではない。三澤が『俺の麻雀には来てくれないのかよー』とぼやいたぐらい、小林にしては珍しく社内の人間とつるんで呑み歩いた。話をすればするほど、飯嶋の洞察力の深さに魅入られ、考え方そのものに影響を受けた。

――出世したい。飯嶋さんのような強い力を持つ人間になりたい。

行動をともにするうちに、知らず知らず、飯嶋の仕草や口調をなぞっている自分がいることに気づき、子どもみたいだなと気恥ずかしくなったが、この歳になって見本にしたい相手に巡り合えただけでも嬉しい。

吸収できるものはなんでも吸収したいと貪欲《どんよく》に動き、たとえちいさな用件だったとしても飯嶋に頼まれたら断らなかった。

波に乗った小林に、時田がいち早く釘《くぎ》を刺してきた。

「仕事のつき合いだからって、毎日呑んでたら身体壊すぞ。営業部出身の俺が言うんだから間違いない」

「大丈夫。俺、前よりかなり酒に強くなったみたいなんだよ。度を超すような呑み方はしないからそんなに心配すんなって」

「それならいいけどよ……」

時田がなにか言いたそうな顔をしていることに気づいていないわけではなかったが、――一緒に暮らしているんだし、飯嶋さんと呑むのも仕事のうちなんだから時田もわかってくれるはずだと思い込み、説明を省いてしまった。

小林は周りが目を瞠るぐらいのスピードで仕事を片付けていった。対して、時田がしかめ面をしている時間がみるみる増えていったが、そのうちちゃんと時間を作って話せば大丈夫だ、つき合いは長いんだからと内心勝手なことを考えていた。

チーム内の人間とも活発に意見を交換し、たいていの場合は圧倒的な情報量で相手を押し、話がまとまらないときは多少強引な決着をつけるやり方も覚えた。

毎週新しい情報を盛り込んだ雑誌を作り続けるためには、つねに前を向く強靱《きょうじん》な姿勢と、なにが必要で不要か、取捨選択を瞬間的に判断する力が必要だ。

一つのことに熱心にのめり込むのが小林の長所で、短所でもあった。

「コバ、最近飲み歩いてばかりだな」

コートにそろそろマフラーが必要になる十一月、慌ただしい年末進行の波に巻き込まれたのと同時に飯嶋と呑み歩いたせいで、深夜過ぎに自宅に帰ると、ちょうど風呂から上がったパジャマ姿の時田と鉢合わせになった。

「あー、すまん。最近遅くなってばっかで。もう寝てるかと思った」

「ちょっと仕事の整理してたんだ」

ぶっきらぼうに言う時田が私室に戻るのを追いかけた。最近買ったばかりのノートパソコンをいじっていたようだ。パタンとモニタを閉めた時田が近づいてきて、「うわ、酒臭い」と呟く。

「あ、ごめん」

飯嶋と呑んだ後、きっちりと歯磨きしたことで清潔なつもりでいたが、いつになく深酒をしたせいか、臭いが抜けなかったようだ。

「誰と呑んできたんだ」

「飯嶋さん」

「最近よくつるんでるよな」

「うん、仕事が絡んでるのもあるんだけど、いろいろと学ぶところ多くてさぁ。ホント、会社にいるより飯嶋さんと話してるほうが勉強になるよ」

「……そうか。そりゃよかったな。おまえ、珍しく本気で酔ってんな。もう風呂入って寝ろよ。明日に差し支えるだろ」

「へーキへーキ、午後イチの会議に出ればいいんだ。そういう国彦はなにしてたんだ。連載記事班なんかで持ち帰りの仕事、あんのか？」

「連載記事班、なんか？」

無意識のおごり高ぶった問いかけに、時田が眉をひそめた。

ごく些細《ささい》な表情の変化だったが、それに気づかないほど小林も鈍感ではない。酔いがさっと醒《さ》めた。

「ごめん。今のは、言葉が悪か……」

「この際だから言っておくがな。前は仕事ができるいい奴だったが、最近のおまえは仕事ができるけど、嫌な奴だ。飯嶋さんの影響力が強いことは俺も認める。小林はあの人のコピーロボットになりたいのか」

小林、と冷徹な声にハッとした。名字で呼ばれるのもどれぐらい久しぶりだろう。それだけ時田が真剣になっている証拠だ。

「傲慢なんだよ、最近の小林は。口を開けば『上に行くにはどうすべきか』とか『出世するための術としては』なんてことばかりだ。どれも飯嶋さんの受け売りじゃないのか」

「そんなことない。俺はいつか時田と一緒に雑誌を作るために、今から土台をしっかりさせておきたくて」

ため息をついた時田は、だが、鋭い視線をはずさない。

「なんのために仕事してるんだ、おまえは。今やっていることは楽しいか？　本当に自分でやりたいことをやってるのか？」

「仕事は俺の生き甲斐《がい》だよ。雑誌の部数を上げるためなら、楽しいかどうかはべつとして、未来の俺と時田のために……」

「押しつけがましい。鬱陶《うっとう》しいんだよ、その考えは」

ばっさりと言い切った時田に、声を失した。つねに明るくてタフな時田の顔が厳しく引き締まっている。

本気で怒らせたと慌てても、もう遅い。

「一緒にやりたいっていうのはありがたいけど、その気持ちの根っこが俺自身に届いてない。おまえが勝手に空回りしているだけだ。今の小林は、全然いいところがない。人の気持ちを無視して部数だけ伸ばそうとしている。飯嶋さんとつるんで粋がってるだけのガキだよな」

ガキだとなじられて頭に血が上り、つい言い返してしまった。

「国彦にそこまで言われたくない。上司と呑むのだって仕事のうちだろう。俺は俺なりに考えて、やり方を試行錯誤してるんだ。『週刊央剛』じゃ、特集班に上がらないかぎり将来がないと言われるんだ。国彦、俺はいずれおまえと――」

「もうやめとけ、それ以上言うのは。どこのウザい熱血教師だ、おまえ。俺がいつ、進路をおまえにゆだねた？　連載記事班にいる俺を憐《あわ》れんでるのか？　確かに俺はのんびりした仕事をこなしてるだけだよ、今はな。そのことをみっともなく愚痴ったことも覚えてる。でも、おまえに将来を決められたくない。俺がどうするかは、俺が決める」

「国彦……」

時田の剣幕に押されて茫然《ぼうぜん》とした。もともと時田には気短なところがあったが、この三年でずいぶん穏やかになった。

その時田が真剣に怒っている。

なだめようにもろくな言葉が浮かんでこなくておろおろしている間に、時田は素早くパジャマを脱ぎすてて普段着に着替えている。クローゼットから取り出したボストンバッグに身の回りの物を詰めていた。迷いがない仕草から、突発的に出て行こうと思い立ったわけではないと感じた。

――いつ出て行くか、考えていたんだ。俺が毎晩、飯嶋さんと呑み歩いている間、こうなることを彼は考えていたんだ。

コートを羽織った時田がまっすぐ見つめてきた。

「正直、一緒に暮らしているのが苦痛だ。俺自身、力が足りなくて今の小林と対等な立場で張り合えないのは悔しい。同じ部署にいても、今の小林と俺じゃ差がありすぎる。職場でも家でも見下されるのはつらいんだよ」

「そんな――ことをしているつもりは……」

「息が詰まるから、しばらく実家に帰る。お互い、頭を冷やしたほうがいい」

「待てったら、国彦。もっとちゃんと話し合おう。こんな夜中にいきなり出て行くことはないだろ」

腕を摑んだが、振り払われた。

「ダメだ。今の俺もおまえも頭に血が上っていて建設的な話し合いはできない。仕事と俺と、どっちが大事なんだなんてバカなことを聞くわけじゃないけど、今の小林が欲しいのは『立場』や『肩書き』だ。俺の気持ちがどうかなんてまるっきり置いてきぼりだろ」

言葉はきついが、やるせない表情が胸に鋭い棘《とげ》を刺す。

すたすたと玄関に向かい、靴を履いた時田を引き留めることはもうできない。どこから話がこじれたんだろうと呆気に取られる小林に、時田が肩越しに振り返って笑った。

「小林の願いは出世することだよな。でも、俺が、一度でも出世したいと言ったか？　おまえの自分勝手な夢に俺までつき合わせるなよ」

痛烈な皮肉混じりの笑みがドアの向こうに消えた。冷え冷えとした外気が小林の胸を通り抜

け、後にはなにも残さない。

「なんでこんなことになったんだ……」

二人の未来を精一杯考えてきたつもりなのに、なにを、いつ、どこでどう間違ってしまったのだろう。

時田の靴がない玄関をじっと見つめていた。綺麗好きの時田らしく、玄関には埃《ほこり》一つ落ちていない。廊下もリビングもキッチンも、すべて清潔だ。

——そういえば、毎日入る風呂も俺のベッドもいつもきちんとしてくれていたな。最初の頃は自分のことは自分でやっていたのに、いつの間にか俺が忙しくなってしまって、時田が片付けてくれるようになったんだ。

「……最後に礼を言ったのって、いつだっけ……」

ぼんやりする記憶を探ってみたが、思い出せなかった。


実家に帰ると言った時田《ときた》がマンションを出て行ってしまってから、一日、二日は妙に落ち着かず、なにかの冗談で、今日帰ったら時田もちゃっかり戻ってきているんじゃないだろうかと心のどこかで期待していた。

だいたい、会社でも同じ部署なのだ。顔を合わせないはずがない、と言いたいところだったが、徹底して避けられた。小林《こばやし》の気配を感じ取るのか、連載記事班を訪ねても時田は不在続きだった。携帯電話にも出てくれないし、メールの返事も来ない。

顔も見られない、声も聞けないという異常な状況が一時的なものではないのだと気づいたのは、五日目を過ぎたあたりだ。

もしかしたら、という期待を込めていつもより早めに帰宅し、途中で時田が好きな寿司屋で持ち帰りを二人前握ってもらった。

大将がいい歳でいつのれんをたたんでもおかしくないと小林たち常連が冷や冷やしているぐらい、とびきり美味《うま》い江戸前寿司を食べさせてくれる店は、時田の大の気に入りだ。

部屋の扉を開ける寸前、期待感と不安は同じぐらいあった。

「国彦《くにひこ》？　いないのか？」

「ただいま」と言ってみたが、望んでいた返事はなく、期待感が一気にしぼんでいく。

つい数日前まで時田と二人で暮らしていた部屋はがらんとしていた。自分の声が壁にぶつかって跳ね返ってくることに、どうしようもない焦燥感と虚《むな》しさが襲ってきた。

「……ホントに怒らせたんだな」

ため息をつき、真っ暗なリビングの灯《あか》りを点《つ》けた。それでもやけに寒々しいのは、冬だからという理由だけではないはずだ。

このマンションには結構長いこと住んでいて、一人暮らしだった頃は空いた部屋を書庫として使っていた。そこに三年前、時田が移り住んできた。そして、今までの毎日を二人で育んできたのだ。

「三年前は一人でメシも食べてたし、一人で寝てたじゃないか」

自嘲《じちょう》気味な呟《つぶや》きをこぼしながらうつむき、両手で髪をぐしゃぐしゃとかき回した。

時田のさらさらした髪を撫《な》でるのが好きなんだよな、とこんなときにどうでもいいことを思い出し、また胸が引きつれて痛い。

小林も時田も、他人と同居するのはこれが初めてだったが、ウマがあったのだろう。

どんなに好きな相手でも一緒に暮らしてみると許せない場面が出てくると話には聞いていたが、時田にそんなことは感じたことがなかった。

時田はどう思っていたのか、わからないが。

時田の喜ぶ顔が見たくて買ってきた折り詰めも、一人で食べる気はしない。コートも脱がずに小林はテーブルに頰杖《ほおづえ》をついた。

——向かい側に、あいつがいない。それだけで、こんなに寂しいものなのか。三年前、一人でどう過ごしていたか、あんまりうまく思い出せない。

時田と暮らすようになってからは、食卓が賑《にぎ》やかになった。営業部出身の時田は話題が豊富で、小林も一日の出来事をあれこれと時田に話すのが楽しかった。同じ会社に勤めているからこそ分かり合えるというのが、なにより心強かったのだ。だが、そのことが今、時田を遠ざけてしまっている最大の要因だ。

「違う会社に勤めていたら、もう少し冷静に考えられたのかな……」

今は誰も座っていない時田専用の椅子《いす》を見つめた。

日々、このテーブルを挟んで笑い、ときには真面目に議論を闘わせたり、ふざけ合ったりしたのに、――出世したい、いずれ時田と二人で思いどおりの雑誌を作るための地位を会社で築きたいという一念が、恋心を壊してしまったのか。

「まさか……このまま別れるとか言うつもりじゃないよな……？」

一人でいるとろくなことを考えない。時田の実家は横浜《よこはま》にあると知っているから、いざとなれば押しかけることもできるのだが、顔を合わせたときにどう謝ればいいのかさっぱりわからない。

平身低頭謝っても、時田は一度臍《へそ》を曲げると強情極まりないことはこの三年間でよくわかっている。

――それに、俺だってまるっきり間違ったことをしでかしていると思えない。そういう考え自体、時田にとっては『鼻につく』ってことになるんだろうけど。

ため息しか出てこないから、綺麗に包んである折り詰めを持って再び部屋を出た。今夜は一人でいたくない。

自分の中で悩みを突き詰めていくことに嫌気が差し、久々に夜の新宿《しんじゅく》二丁目界隈《かいわい》をふらつくことにした。

あちこちから誘うような視線が飛んできたが、時田のことしか思い浮かばなかった。毎日見ても見飽きない笑顔や拗《す》ねた顔、真剣な顔が日常からなくなったのだと思うだけでも頭がおかしくなりそうだ。

馴染《なじ》みのバー『キブラ』のドアを肩で押し開けると、「あらあらー、コバちゃん。おひさしゅうー」と耀子《ようこ》ママが控え室から出てきた。休憩に入るらしい、紺色のシャツを着たバーテンとちょうど交代したところだった。

「今夜は一人？　時田くんと一緒じゃないの？」

「一緒じゃないんだ」

つき合いの長いママの前ではにこやかな顔を取りつくろうこともできないから、仏頂面で呟き、折り詰めを押しつけた。

「握りたてだから食べて、それ。美味いよ」

「うっわ、助かる～！　ありがと。んじゃ、休憩中のバーテンに食べさせちゃお。今日、ちょっと忙しくて賄い作ってる暇なかったのよう」

「そう、ならよかった」

日頃からにこやかな小林にしてはめっきり無愛想なのが気にかかったのだろう。ママが気配を察して小林の好みのボトルを出してくれたので、「いつもより強めに」と頼んだ。頷《うなず》くママが、「ねえねえ」とカウンター越しに身を乗り出してきた。

「コバちゃんたらさぁ、しばらく会ってない間にめっちゃくちゃ男っぷりが上がったじゃない。時田くんに心底愛されてんのね」

「え？　……いや、べつにそんなこと……。疲れてるだけ。ていうか店、暇そうだな」

コートを脱ぎながら店内を見回した。週の真ん中の水曜だからだろうか。ボックス席は一つしか埋まってないし、カウンター席も小林のほかに二人しか客が来ていない。

「コバちゃんが来るまでは賑やかだったんだから。ひょっとして、アンタが疫病神《やくびょうがみ》なんじゃないの？」

「失敬な」

言いながら煙草をくわえると、ママがさっと火を点けてくれる。

「あのさ……時田、ここに来てないよな」

「来てないわねー。なんでよ、コバちゃんが暇さえあればやり尽くして、浮気性だったあの子を見事振り向かせたってのはこの店でも伝説になってんのよ」

「伝説、ねぇ。本当に伝説になっちまうかもな、このままじゃ」

「なに、やけに深刻な顔じゃない。もしかして、喧嘩《けんか》でもしたの？」

「そうだな……」

こんな恥ずかしいこと、他人には絶対に言えないが、信頼できる誰かに打ち明けたいという思いもあった。ママは、時田とのなれそめを知っている数少ない一人だ。相談相手には申し分ないだろう。

「ママには隠し事ができないから正直に言うけどさ……、時田に出て行かれた」

「え、なに、別居してるってこと？」

「うん。もう一週間以上経つんだけど、社内でも顔を合わせてくれない。話もさせてくれないんだ」

「喧嘩の原因は？」

「俺が仕事に熱中しすぎてるのが嫌なんだってさ。俺は今の会社で、時田ともっと高みを目指したい。二人で雑誌を作りたい。だけど、『おまえの自分勝手な夢につき合わせるな』とまで言われたよ」

いつもより濃いめの酒を呷《あお》りながら、時田とどんな言い合いになったのか、ざっと流れを話して聞かせた。

「なるほどねぇ、穏和なコバちゃんが異様に鋭い目つきしてるのって、そういうワケか。納得。時田くんとつき合いだした頃ってアンタ、ホントにこっちが恥ずかしくなるぐらい優しくてたまんなくなる目をしてたけどさ。時田くんを取り上げると、コバちゃんたら、人恋しさのあまり狂犬みたいな顔つきになるのね」

「狂犬？　なんだそれ」

凶暴な匂《にお》いがするフレーズが似合うような男ではないことは自分が一番よくわかっているので目を瞠《みは》ったが、ママは会得顔で「そうなの」と言う。

「今のアンタはタチとして最強な感じ。骨っぽいフェロモンがバリバリでその気がある男ならころっといきそうよね」

さっき、通りを歩いていた間に矢のように感じた誘惑の視線は錯覚ではなかったのだ。

「自分じゃわかんないもんよ。今のコバちゃん、前と違ってすんごい野性的。一見、優しい大人の男に見えるけど、実際は大胆で強引なセックスしてくれるかもしんなーい……って期待させる顔してんのよ」

「してない。俺が気にしてるのは時田だけだ」

「そうよね。若くて超絶美形が今ここに現れても、アンタは時田くんだけが好き。アンタって想像以上に頑固で一途で暑苦しいのよね。情熱的とも言えるけどさ」

「褒めるかけなすか、どっちかにしてくれよ」

ふふっと笑うママが、「じゃあ、けなす」と首を傾《かし》げる。

「長年アンタを見てきてるあたしとしては、今のコバちゃんはあんまり好きじゃないな。腹ぺこでうろついてる野良犬同然じゃない。でも、食べたいのは時田くんだけなんでしょ?」

「当然だろ」

胸を張ってぐっと酒を呑み干すと、ママが顎《あご》をつんと突き上げて皮肉混じりに笑う。

「ずいぶん横柄になったわねー、いつの間にか。時田くんはアンタのエサじゃないのよ。そういう雑な言葉遣いを一番嫌がっていたのはアンタなのに」

痛いところを衝かれて言葉に窮した。確かにそうだ。男を食い散らかし、好き放題していた頃の時田に、『あまり安売りするな』と言ったのは自分なのに、知らないうちにぞんざいになっていたのかもしれない。

「したたかさって大事だけど、下手すると、ただふてぶてしいだけなのよ。その嫌味さに時田くんは辟易《へきえき》したんじゃないかな？」

「横柄、か……。そんなに俺、嫌な感じする？」

「かなりね。前と比べると。そりゃ人間、誰でも変わるもんだから、『いつまでもそのままのきみでいて』なんて夢みたいなこと言うほうがおかしいの。でも、あたしが好きなコバちゃんには、他の人にはない包容力と愛情深さがあったなぁ」

「今は？」

「男前だけど、自分の都合ばかり考えてる嫌な奴。出世って言葉をダシにして時田くんを追い詰めてる。アンタみたいな誠実な男に愛されたことで、やっと時田くんの浮気癖も収まってメデタシメデタシと思ってたけど、現実はそううまくいかないか」

「……やっぱり、俺が悪いのか」

「ま、冷静に言えばどっちもどっちだろうけどね。アンタたち、仕事が一番ノリノリの時期でしょ。でも、その乗ってる感覚が、おもしろいって感じるか、尖《とが》ってて痛いと感じるかは人それぞれで違うんじゃない？　時田くんは、たぶん痛い思いをしてんのよ。アンタと肩を並べたくても実力が追いついてないんだから。あの子もそのへんうまく隠せばいいだろうに、コバちゃん相手には、好きだけど悔しいって本音が隠せないんでしょ」

「そう、かもしれない。そんなこと言ってたな、あいつ……」

　家を出て行く寸前、時田の放った言葉が今でも忘れられない。

『仕事と俺と、どっちが大事なんだなんてバカなことを聞くわけじゃないけど、今の小林が欲しいのは「立場」や「肩書き」だ。俺の気持ちがどうかなんてまるっきり置いてきぼりだろ』

　あんな感情剝《む》き出しの言葉、以前の時田だったら絶対に言わなかったはずだ。

　他人との恋をおもちゃ扱いし、セックスも日替わりで楽しんでいた時田に群がる男は数知れず。男を見る目がないせいで、セックスフレンドに本気で痛い目に遭わせられたこともある時田を自分だけが捕まえ、愛し、守りたいと思っていた三年前と今とでは、自分も時田も変わった。そうとは自覚せずに互いに影響し合い、さまざまなことが変化してきているのだ。

「……初めて、仕事と時田とどっちが大事なんだろうって考えたよ。俺、今の仕事は天職だと思ってるけど、本当に時田を失うぐらいなら辞める。もしくはやり方を根本から変える。それぐらい俺にとっては時田が大事なのに、なんでこんなことになったんだろうな」

「やだやだ、やめてよ、うわっ、鳥肌立つ。バッカみたい、なにコレのろけ？　うちはバカップルの尻拭いするために店開いてんじゃないっつうの」

　ぱっぱっと手で追い払う仕草をするママに苦笑いしてしまう。ここまで堂々とたしなめられると、怒るどころか、――そうだよな、やっぱり俺が増長してたんだ、と気づくのだ。

「できる上司の下についたことで、なんか俺まで偉くなったと勘違いしてたのかなぁ……。でもさ、多少尖ってる、嫌な奴だと思われても、やれるうちにがっついておきたいんだよ。誰にも憎まれずに上に行くことなんかできないだろ」

「いっぱしの口きいちゃって、もう」

　諦《あきら》めの悪い小林が可笑しかったのか、ママがちいさく吹き出す。そのときだった。カタン、と隣のスツールが揺れたことに反射的に振り返ると、小林でも思わず目を見開くほどの整った顔をした若い男が座っていた。

　黒のタートルネックのセーターにジャケット、ジーンズというラフな格好だが、センスがいい。シックにまとめた装いの男が、「あのさ」と馴《な》れ馴《な》れしく話しかけてきた。

「さっきからずっと見てたんだけど」

　精一杯声を低くしているが、どう見ても学生だ。ママと目を合わせると、困惑混じりの笑みが返ってきた。バーという建前上、未成年者は当然お断りで、拝まれても凄《すご》まれても絶対に酒は出さない。それ以前に、『すねかじりの身分でウチの店に来ようなんて百年早い』というママの方針で学生は店に入れないのだが、ときどきこんな例外がある。

「一人でこの店来てるんだよね」

「今は、そうだけど。きみ、見たことない顔だよね。この店初めてだよね？　歳はいくつ？」

若い男は笑うだけで、答えない。切れ長の目はどこか時田を彷彿《ほうふつ》とさせる。瑞々《みずみず》しいが、いたずらに触れれば暴走するような色気を宿した瞳がもう一度強く突き刺さってきた。

「名前は、リョウイチ」

さすがに歳は明かしたくないようだ。本名か偽名か判断がつかないが、高校生から大学生のあたりだ。

「俺は小林。三十一で社会人。リョウイチくん、ここがどんな店かわかって来てる？」

「わかってるよ。だから、あんたの隣に座ってんだけど」

咎《とが》めるのも忘れるぐらい堂々とした態度に、笑うべきか怒るべきか悩みつつも、ママに頼んでアイスコーヒーを出してもらった。小林も彼ぐらいの歳の頃に同性に惹《ひ》かれることを自覚したこともあって、冷たく突き放すのは可哀想な気がしたのだ。

「ちょっとこの子の話し相手になってやって」

ママの囁《ささや》きに、小林はかすかに頷いた。

思春期に、どうしても同性に目がいってしまうと気づいたときの葛藤《かっとう》や、誰にも言えない苦しさは、今でもよく覚えている。ママもそれを忘れていないから、若い彼の入店を許してやり、たぶんいろいろと相談に乗っていたのだろう。

ママがいなくなったとたん、リョウイチと名乗る男が挑発的な視線を向けてきた。

「俺としようよ。俺、あんただったら受けてやってもいい」

「は？」

「寝ようって言ったんだよ。あんた、上手そうだし、顔と手の形が俺好み。たぶんタチ好きだろ？　だったら俺が受けてもいいって言ったんだよ」

「俺と寝たいって本気か？　五分前に会ったばかりでお互いになにもわかってないのに」

キブラで誘われたことは何度もあるが、もともとセックスフレンドを作って楽しむ性格ではない。時田を恋人にしてからも他の男にちょっかいを出したことはないけれど、ここまで生意気で磁力の強い歳下の男に真正面から誘われると、さすがにぐらつく。

寝よう、とはっきり言う度胸の良さは気に入った。まっすぐぶつかってくる潔さと、見知らぬ同性とのセックスに舌なめずりする様は、やっぱり時田と近いものを感じる。

遊び慣れている男なら、彼みたいな若く強い男を食い破りたい衝動に駆られるはずだ。

「男とのセックス、慣れてんだろ。だったらさ、してみようよ。一度でもしたら、俺のこと、絶対気に入るって」

傲慢《ごうまん》に誘う声に、仄《ほの》かな緊張を感じ取ったのは気のせいだろうか。

すらりとした均整の取れた身体つきもいいが、言いたいことを怖《お》じけずに言う口元もいい。なにより、意志の強そうな目に引き込まれる。伸ばした前髪の間から垣間見える強い光を帯びた瞳を無言で見つめ返すと、意を決したように彼のほうから寄りかかってきた。

温もりと、年若らしい爽《さわ》やかな香りに驚き、――なにやってんだ俺は、と苦笑いして男の頭をくしゃくしゃと撫でた。それから、彼が傷つかないようにそっと身体を押し返した。

見知らぬ男に誘われ、一瞬でもぐらつくなんて、今の自分には隙《すき》がありすぎだ。

気を取り直し、さっきとは違う優しい手つきでもう一度若い男の頭を軽く小突いた。

「やりたい盛りなのはわかるけどさ。衝動に駆られてよく知りもしない相手と抱き合うのは危ないよ。俺は見た目と違って暴力的なセックスが好きなんだ。部屋に入った瞬間、きみを縛り上げて自由を奪ったうえで好き勝手すると思うけど、それでもいい？」

「え……」

男がびくっと顔を強張《こわば》らせて後ずさりする。その目に本物の怯《おび》えを認め、小林は「冗談だよ」と声を上げて笑った。強がっているが根は素直で、さほど経験も積んでいないのだろう。

「俺はそういうことはしない主義。そもそも、出会ったばかりの奴と簡単に寝ることもしない主義。女の子に言うような言葉かもしれないけど、寝る相手はそれなりに見極めたほうがいい。そうじゃないと、本当にきみが心身ともにつらい思いをさせられて、男どころか人間不信になってしまうかもしれないから」

「そこまで親切に言ってくれるんだったら、一度ぐらい俺とやったっていいじゃん」

「俺には好きな奴がいるんだよ。そいつしか抱きたくないんだ」

穏やかに諭すと、男は「そうなんだ……」と気が抜けた顔をしていた。

「この手の店に来る男なら、もっと簡単に頷くかと思ったんだけどなぁ……」

「そんなことママに言ったら張り倒されるぞ。投げやりな感じで適当な相手とセックスして、手軽な快感に流されてしまうのは危険だよ」

「それ、ママにもさっき散々言われた」

男は本来の年齢にそぐう子どもっぽいふてくされた顔を見せる。だから小林も、丁寧に言葉を重ねた。

「男同士の行為にはリスクがともなうってことを、知っておいたほうがいいよ。好きでもない相手としても上っ面の快感しか味わえなくて結局虚しい。男が好きだってわかったなら、それはそれでちゃんと自分に合う相手を真剣に探すべきだよ。本当に好きな相手と心も身体も預け合うようなセックスをしたほうが幸せだよ」

「好きな相手、かぁ……」

男は遠い目をしてぼんやりしている。

「きみはいい子みたいだから、きっと俺よりずっとふさわしい相手に出会える。互いにちゃんと好きな気持ちを持ったうえで、そういうふうになれたらいいね」

「その相手に出会うまでの間、どう性欲処理したらいいんだよ」

率直な問いかけに爆笑してしまった。

「自分でしとけば？　急いで他人に身体を預けなくてもいいと思う。とにかく、今日は帰ったほうがいい。このへんをきみみたいな若い子がうろついていると警察もうるさい」

「……わかった。今日は忠告どおりおとなしく帰るよ。あんたが相手になってくれないこともわかったけど、やっぱ残念。俺が受けていいって言うの、ホントに珍しいんだよ？　あんたは好きな人とちゃんと寝てるの？　マジでその人以外と遊ばないの？」

「遊ばない。かなり長いこと想ってるんだけど、あいつ以外の男じゃ勃たないんだよね。正直なところ」

「ホント、残念だよ」

きっぱり返した小林が可笑しかったらしい。男は口元をほころばせた。

「でも、また、ここに来てもいいかな。ここだと、気が楽になるんだ。タイミングよく会えたら話し相手になってほしい」

「うん、まあ、ママがいいって言うなら。きみ、未成年だろ？　未成年者を店に入れてるのがバレたらヤバイからさ」

「ママにはちゃんとお願いしておきます。じゃあ、また」

最後だけ丁寧に挨拶《あいさつ》し、微笑《ほほえ》んだ男はスツールから下り、ママと少し話をしてから帰っていった。しなやかな背中が扉の向こうに消えるのを見送っていると、ママが戻ってきて、「ありがとねー、これ、サービス」と極上のコニャックを出してくれた。

「ごめんね。あの子、最近ちょくちょく来るようになったんだけど、どうにも危なっかしくて。コバちゃんみたいな大人から釘《くぎ》を刺してほしかったのよ」

「同性が好きだって自分に気づくと、あれぐらいの頃が一番悩むよな。あの子の気持ち、わかるよ」

「ちらっと聞こえたけど、コバちゃん、結構大胆なこと言ってたじゃないのよう。暴力的なセックスが好きなんだっけ？」

「それは冗談だって。あの子にお灸《きゅう》を据えただけだよ」

「ホントー？　んじゃさ、ずーっと控え室に隠れてたアンタの恋人にも、さっきの子と同じぐらい優しくしてあげなさいよ」

「恋人、って……え？　まさか、国彦がずっといたのか？　店に？」

「そっ。じつは、コバちゃんが来る三十分前ぐらいからね」

思いがけない言葉に酒を呑むのも忘れてガタッと立ち上がると、ママがニヤニヤしながらカウンターの跳ね戸を上げて小林を中に招き入れる。

「まぁまぁ怖い顔しないで。後ろに入った入った」

ぐいぐいとママに背中を押されて控え室に入ると、奥のソファに気まずそうな顔をした時田が座っていた。そのシャツの色に、――あ、と大切なことを思い出した。キブラに来たとき、ママと入れ替わりに控え室に入った男を紺色のシャツを着たバーテンだとばかり思っていたが、あれは時田だったのだ。

営業部出身だけに、清潔感のある白シャツをメインに着ていた時田が、『せっかく雑誌部署に移ったんだから、少ししゃれっ気のあるものが着たい』と言ったので、休日に二人でセレクトショップに行って買ったものだった。上品な光沢のある紺のシャツと深いブラウンのネクタイが時田の整った顔によく似合っている。

「国彦、おまえ、ずっとここにいたのか」

「久々に一杯だけ呑んで帰ろうと思ってたんだ。そしたらおまえが来たから、……ママに隠してもらった」

二人きりで話すのが本当に久しぶりなだけに、少し緊張してしまう。隣に腰掛けると、時田から距離を空けることに胸が痛い。

「ちょっと痩《や》せたか？」

「ちょっと」

「会社でもめったに顔見られないもんな。最近の時田、忙しいのか？」

「……まあ、ちょっとな。いろいろあって……」

「いろいろって、なんだ？　今どんな仕事してるんだ？」

前だったら小林のほうが訊《たず》ねられている立場だったのに、今では逆転してしまっている。

時田は答えず、ためらいがちに瞼《まぶた》を伏せていたものの、ややあってからきつい視線を向けてきた。

「おまえも他の男に誘われたらやっぱりぐらつくんだな。店の会話、丸聞こえだった」

「最初から最後まで全部聞いてたのか?」

「ああ。全部聞いた」

時田一筋と何度も言ってきた身としてなかなか苦しい状況だ。小林は頭をかきむしったが、

「全部聞いてたら」と唸《うな》った。

「俺には好きな奴がいる、そいつしか抱きたくないし、勃たないって言ったのも聞こえただろう」

とたんに時田の耳たぶが真っ赤になる。やはり、聞こえていたらしい。

「あんなガキ相手になにくだらないこと言ってんだよ」

「くだらなくない。本当のことだ。おまえ以外抱きたくないし、欲情しない。今だって」

詰め寄ると、革のソファがきゅっと鳴る。隅に追い詰められた時田が目を瞠り、逃げ出そうとしたのを寸前で捕らえて抱き締めた。

「ダメだ。行くな」

「コバ……! ……ん、……う、ん……っ……」

最初からくちびるを強く吸い、抗《あらが》いの声や吐息を全部飲み込んだ。顎を指で押し上げ、時田が観念してくちびるを開いた隙に舌を潜り込ませ、くちゅりと熱っぽく絡めて唾液《だえき》を伝わせた。

「……ん……っ……！」

弾力のある熱いくちびるを重ねているだけで理性が吹っ飛びそうだ。時田が胸を叩いて抗ってくるのを力ずくで封じ込めるキスは、初めてかもしれない。

いつだって時田を気遣い、嫌がりそうなことはすべて避けてきた。だけど今日は抑えられない。そこまで気が回らない。ここで逃したらいつまた二人で話せるかわからないという焦りが小林を煽《あお》る。もがく時田を押し倒して乱暴にくちびるを奪った。時田も息を切らし、背中を叩く反面、しがみつきたそうなどっちつかずのそぶりを見せ、怒りと情欲を混ぜた目つきで挑んでくる。

「やめろ、バカ……、店だぞ！」

「逃げるな。おまえは俺の恋人なんだ。逃げないでくれ、頼む。国彦がいないと俺はダメなんだよ」

低く呻《うめ》いた瞬間、時田が息を呑む。

もっと深い行為に及ぼうと彼のネクタイをむしり取ろうとしたところで、軽く、だが音を立てて頬を叩かれた。

その衝撃に、小林もハッとなった。痛いというより、目が覚めた。

「やめろ。俺もおまえも、頭に血が上りすぎだ。俺たちのよく知ってる耀子ママの店だぞ、ここは。迷惑かけるようなことをするな」

「国彦……」

掠《かす》れ声に、時田の鋭い目元がふっと緩むが、すぐにまた厳しくなる。

「今はまだダメだ」

「まだ俺を許せないのか？　どうすれば国彦は俺を許してくれる？　どうすれば、また一緒に暮らせるようになるんだ？」

「もう少し時間をくれ」

立ち上がって乱れた服を直す時田のまっすぐな背中に、よからぬ考えがさっと胸をよぎる。

普段の自分だったら絶対に言わないはずの言葉が、時田の毅然《きぜん》とした態度に、ついこぼれた。

「もしかして、離れてる間にもう誰か他の男とつき合ってるのか？」

扉に行きかけていた時田がつかつかと足音荒く戻ってきた。それから怖いほどの顔で、小林の頭に容赦ない拳骨《げんこつ》を振り下ろした。

「……ってぇ！」

本気の拳骨には涙が滲《にじ》むほどだ。

「そこまで疑うな。おまえとちょっと仲違いしたからって他の男と憂さ晴らしするわけないだろ。昔とは違う。俺は俺で考えていることがあるんだ。その答えを摑《つか》むまでは、あのマンションには戻らない」

決意を秘めた声で言い、時田はぼうっとするだけの小林を残して出て行った。

年の瀬が迫るに従って、仕事の忙しさは加速していった。

特集班の中でも別格の飯嶋《いいじま》班で仕事していた小林は十二月もあと二週間で終わる頃に、どうでもいい凡ミスをしでかしてしまった。

「パソコン……なんで起ち上がらないんだよ」

会社のデスクで、小林は、電源を入れてもうんともすんとも言わないパソコンに目を丸くした。最近調子が悪いなと思っていたが、なにも追い込み真っ最中のこんな時期にダウンしなくてもいいではないか。

だが、自分が悪い。日々の仕事に追われ、書き溜めていた文書のデータのバックアップを取ることを失念してしまったのだ。周囲の人の手を借りて再起動を試みたが、結局ダメだった。

不幸中の幸いとでも言うべきか、二日前までのデータは三澤に電子メールで送っていたからゼロからやり直しということにはならなかったが、明後日にはすべて仕上げて飯嶋に渡すと約束していたものなので、さすがに落ち込んだ。

「なにつまんないミスしてんだよ、小林は！」

記事修正していた飯嶋の机に近づき、小声で事の次第を報告したところ、いきなり名指しで怒鳴られた。

部署内に響き渡る飯嶋の怒声に小林は硬直し、謝罪の言葉も探すことができずに萎縮《いしゅく》してしまった。飯嶋が声を荒らげるなんて思っていなかった。部署中の視線が一気に集中するのを肌で感じ取り、髪の根元が逆立つほどの緊張感に胃がぎりぎりと痛くなる。

「……申し訳ありません」

かろうじてそれだけ言い、頭を下げた。同僚が大勢いる場所のど真ん中で怒鳴られる屈辱は初めて経験するものだ。恥ずかしさと悔しさがない交ぜになり、身体が熱くなる。何度も呑んだ仲の飯嶋から、これほど厳しい叱責《しっせき》を食らうとは想像していなかった。彼に特別扱いされているんじゃないかと、心のどこかに甘えや油断がひそんでいたのではないだろうか。そんな自分が不甲斐《ふがい》ない。

飯嶋は上司であって、呑み仲間ではない。そして自分も単なる呑み仲間ではなく、飯嶋の部下の一人だ。

「どうする、二日後が締め切りだ。残っているデータを基に最後まで書き上げられるか」

声のトーンを下げた飯嶋に、「はい」と即答しなければいけないことは頭ではわかっているが、物理的に厳しい。書き直さなければいけない原稿の他にも仕事はあり、それらの締め切りがすべて二日後に集中しているのだ。

——すぐに答えなきゃ、また怒鳴られる。

とっさの判断に優れていると自負していた小林が、どう答えようかと呻吟《しんぎん》していると、隣に

すっと人影が落ちた。三澤かと思ったのだが、違った。

「……時田……！」

「飯嶋さん、俺が小林の補佐に入ります」

「時田か。おまえが小林をサポートできるか？　今日、特集班に配属されたばかりだろう」

「え？　……え？　時田がどうして……」

驚く小林に構わず、時田は落ち着いた表情で、「やります」と頷いた。飯嶋の怒鳴り声を耳にして、とっさに駆けつけた時田がおののいている気配はない。

いつの間に、時田は連載記事班から特集班へと飛び抜けてきたのだろう。

――全然知らなかった。前にキブラで会ったときもなにも言ってなかったのに。

何度も時田をちらちら見たものの、飯嶋の前ということもあってか、個人的な会話はできなかった。

「小林とは長いこと一緒に仕事してきたので、大丈夫です。任せてください」

迷いのない時田の声に、飯嶋も納得したようだ。浅く顎を引いて、「わかった」と言う。

「なら、おまえたちに任せた。全速力でやってくれ。タイムリミットは明後日だ。直しが少ないように、完璧《かんぺき》な初稿を上げろよ」

「はい」

「小林、おまえは残れ。時田、小林のサポートに入る前に三澤から一応の流れを聞いておいてくれ」

「わかりました」

踵《きびす》を返して去って行く時田の背中を唖然《あぜん》と見ていたら、「小林」と声がかかった。飯嶋が「もっと近くに来い」とでも言うように人差し指をくいっと曲げている。さらに怒鳴られるかもしれないと腹をくくってそばに寄ったとたん、丸めた書類で頭を軽くはたかれた。

「ケアレスミスが俺は一番嫌いだ。データのバックアップを取るのは確かに一手間かかるからみんな嫌がるが、こういう結末になることも多いんだ。俺がミスを許すのは二度までだ。三度怒鳴ることはないからな」

飯嶋の口調はもういつものものに戻っていたが、気を抜くことはできない。

「すみません。わかってはいたんですが、忙しくて……、つい」

「忙しいのを自覚しているなら、なおさらセルフケアを万全にしておけ。今後ますますおまえは忙しくなる。いずれ、三澤や時田と一緒に、『週刊央剛』の中枢を担ってもらうからな」

「あの、時田がどうして急に特集班に？」

「なんだ？　まだ本人から聞いてなかったのか？」

不思議そうな顔をしたあと、飯嶋はちょっとおもしろそうに目縁を緩めた。

「小林はしっかりしていて物事の輪郭を捉えるのも早いのに、うっかりミスをやらかすタイプなのか。やっぱりおもしろいな、おまえ。予想以上に俺好みの男だったな。一緒に呑んでいた間に、早めに手を出しておけばよかった」

「え？　飯嶋さん？」

まったく先の見えない会話だ。さっき怒鳴られたショックもまだ抜けていないのだ。今、耳にした言葉は幻聴だとしか思えない。

「でもまあ、もう無理だろうな。時田があれだけ早く自力で俺の班に上がってきたんだ。おまえをサポートしたいというのも本気だろうし、本人がこの部署で伸びたい意志もちゃんと形になっている。そのへんの詳しいところは時田本人に聞け」

「はぁ、はい、……あの、……聞き違いじゃなければ、さっき、俺のことを好みとか言いましたか？」

「言った」

「でも飯嶋さん、既婚者じゃないですか。指輪してるじゃないですか」

「結婚相手とは半年で破綻《はたん》した。もともと俺は男も女もいけるクチだが、どっちかっていうと男のほうが好きなんだ。ただ、離婚したことがバレるといろいろ面倒だからずっと黙ってる。この指輪もカモフラージュだ」

「そうだったんですか……、でもまたなんで俺みたいなのを。時田ならわかりますが。あいつ、綺麗だし、頭の回転も速いし」

「人の好みは千差万別だろ。俺は小林みたいな血の熱い男が好みなんだよ」

小声でさらっと言われて眩暈《めまい》がしたが、飯嶋は平然としている。

「でも、他人のモノにはさらさら興味がない。小林のことも、おまえを追って特集班に上がってきた時田の実力も、俺は公正な立場で評価している。疚《やま》しい目で見ているわけじゃないから安心しろ」

「時田と俺の関係、気づいてたんですか」

「まあな。同類のことは気配で察するよ。誰にも言わない、大丈夫だ。自分のモノにならないって時点で、おまえは俺にとって単なる仕事仲間だ」

丸めた書類で、今度は胸のあたりをポンと叩いてくる飯嶋は軽く微笑んでいた。

冷徹にメンバーの能力を見極めて記事構成を決めていく一方、ミスした部下を公衆の面前で容赦なく怒鳴るという厳しいやり方で、飯嶋は今の立場を築いたのだ。自分よりもずっと多くの場数を踏んできた大人の男らしい貫禄《かんろく》ある笑い方に、怒鳴られたショックもつかの間忘れて見とれた。個人的な好みとは大きくかけ離れているが、飯嶋のような支配力の強い男に惹かれる者も多いだろう。

「今さらですけど、……飯嶋さん、めちゃくちゃもてるでしょう」

「困るぐらいにな。だから、指輪をはめたままにしてるんだよ。とりあえず、お互いの性癖は秘密にしよう。ここから先は、俺もおまえも時田も、『週刊央剛』という目を惹く記事ばかりを載せた雑誌を作っていくメンバーだ。しっかり働けよ」

「はい、頑張ります」

理解がある上司の頼もしい言葉に笑顔を返してデスクに戻ると、タイミングよく時田が近づいてきた。社内用の取り澄ました顔だが、見るとやっぱりほっとする。

「コバ、このあとどうする」

「別のパソコンを借りて、データが飛んだ分の原稿を書き直すよ。なにを書いたか、だいたい覚えているから早いうちがいい。他の原稿もあるし……。たぶん、明後日までぶっ通しの作業になるかもな」

思案顔の小林に、時田が浅く顎を引いた。

「わかった。じゃあ、とりあえずおまえはミスった分の仕事を片付けろ。その間に、俺は次の原稿の準備を整えておく。疲れたら無理しないで少しでも寝ろ。仮眠できるように俺がそばにいる」

「時田……」

頼りがいがある言葉に驚き、「どうして」と言いかけたが、時田が軽く笑い、遮ってきた。

「どうして俺が特集班に来たのか知りたいなら、目先の仕事を無事終えろ。今はのんびり喋ってる場合じゃないだろ」

「——わかった。やるよ」

大きく息を吐き出したのと同時に、小林はシャツの袖をまくり上げた。こうしている間にも、時間は容赦なくすぎていく。時田の言うとおり、なにはともあれ、締め切り優先だ。

それから二日間、小林と時田は会社に泊まり込み、溜まった仕事を黙々と片付けていった。うまいこと文章がひねり出せなくて苦心したり、眠気に勝てずあくびを連発したりという、地味で厳しい時間の中に、時田がいてくれたのは心強かった。

一人でこの状況を迎えていたら、たぶんもっとつらかったはずだ。

小林が書いた原稿を時田がチェックしてくれ、誤字脱字の修正や、資料の補強などもしてくれた。実際に手伝ってくれることはもちろん助かったが、孤独な作業に寄り添ってくれるということそのものがありがたかった。

隣に、時田がいる。

それだけのことが小林を奮い立たせ、予定よりも半日早くすべての原稿を書き上げることができた。

飯嶋に怒鳴られてから大車輪で働き、二日後の昼前にようやく片付いた。

原稿を書き終えたそばから飯嶋に渡して指示を仰ぎ、時田にも入稿作業を手伝ってもらった。

飯嶋が「お疲れ」と手を振って帰って行ったのが明け方。その後も時田と二人で入稿作業を延々と続けていたのが、やっとさっき全部終わったのだ。

「あー、終わった……」

「お疲れ。無事終わったな」

両腕をぐうっと突き上げて天井を仰いでいると、印刷所への入稿作業を終えた時田がポンと肩を叩いてきた。

「時田……、おまえのおかげだよ。飯嶋さんにもずいぶん迷惑かけたなぁ……。結局、今朝までつき合わせたし」

「でも、予定より早く終わったんだからいいじゃないか」

「そうだな。ホントに助かった。あー……こんなに集中したのも久しぶりだ」

「すぐ家に帰るか？　それとも、ちょっと気分転換しに行くか」

「気分転換？　どんな？」

突然の誘いが嬉しくて、思わず食いついた。

「温泉に車で行こう。実家から車を借りてるんだ。替えの下着なんかは途中で買えばいい」

「へえ……、いいな、温泉か。でも、時田もあんまり寝てないだろう。運転、大丈夫か」

「コバよりは休んでるから大丈夫だ」

「わかった。じゃ、行こう」

指に引っかけたキーリングをくるくると回す時田と肩を並べ、小林は二日ぶりの社外へと出て行った。

時田が実家から借りてきたという古い形のフェアレディZに乗せてもらい、高速道路に上がったとたん車はいきなり猛スピードで走り出した。冬の昼間、空は晴れていて青い。助手席に座る小林は、窓の外を飛び去っていく景色に胸を弾ませながら煙草に火を点けた。

二日前のことはいえど、どこかにまだ飯嶋に怒鳴られた衝撃が残っていて、落ち着かない。時田が、「俺にも」と言うので煙草をくわえさせてやった。

「うあー、……なんかいいなぁ。こんな解放感、久しぶりだ」

「お互い、まとまった休みが取りにくくなってきたからな。ぽこっと空いた時間を有効利用して現実逃避するのもたまにはいいだろ？」

「……ありがとな。気を遣わせて悪い」

「おまえを気遣うのが恋人の俺の役目だろ。それぐらいやらせろ」

前より芯《しん》がしっかりしたように聞こえる時田の見事なハンドルさばきに感心しつつ、心からもう一度、「ありがとう」と言った。

「最近の俺、感じ悪かったよな。上に行きたい、出世したいってことしか頭になくて、おまえとの時間もおろそかにして」

「コバが根っからの仕事好きだってわかってて、好きになったんだからもういいよ。俺だっていろいろ思いどおりにいかなくて子どもみたいに駄々をこねてたんだよ。でも、このままじゃダメだと思った。希望していた部署に来たのは、なにもコバと四六時中一緒にいたいからって理由だけじゃない。俺は俺なりに、『週刊央剛』でやりたいことがあったからだって思い出して——そこから、資料整理にもっと真剣に取り組んだ。そのおかげで、飯嶋さんの班にも早く上がれたんだ」

「なにしたんだ？　どんなことしたんだ？」

時田がちらっと横目だけで笑う。

「燃やしたくなるぐらいの紙資料を一つ一つあさってたら、ちょっと興味深いインタビュー文章が出てきたんだよ。とある政治家の十年以上前のインタビューなんだけど、なんらかの都合でボツになっちまったらしい。当時から、政界の黒幕と親しくしている政治家本人が語っている。取材当時は、政治家も黒幕もあまり目立つ存在じゃなかった。だから、そのインタビューも重要視されなかったんだろうな。でも、今、世間に出したら大問題になることは間違いない発言がてんこ盛りだ。それでふっと、飯嶋さんとコバが追ってる政治家ってこれじゃないかって勘が働いたんだ」

「おい、それってもしかして」

「ああ。極秘に飯嶋さんに持ち込んでみたら、見事大当たりだった」

「すごいネタ取りじゃないか！」

並々ならぬ時田の執念に驚き、喜んで肩を叩いた。

「だろ？　飯嶋さんも、『よく見つけてくれた』って褒めてくれてさ。俺の特集班入りを許可してくれたんだ」

得意そうに言う時田がハンドルを切って右車線に入り、さらにアクセルを踏む。

「俺自身、初めて自分から探し出して、摑んだ手応えだったよ。粘り強いのはコバのほうだと思ってたけど、その気質がいつの間にか俺にも移ったのかもな。なにがなんでも『週刊央剛』で生き残りたい、いつかおまえの右腕として働きたいって思ったら、寝るのも忘れた」

「国彦……、おまえ、ホントにすごいよ。あの大量の紙資料にそんなお宝が埋まってるなんて誰も思わなかった。俺だってそうだ」

「ハハ。俺も実のところ、やけっぱちになってた。でも、やっぱ、仕事っておもしろいよな。自分になにができるかわからなくてもがいてる時期もあるけどよ、必死にもがき続ければなにか摑める。それが今回、わかった。一番大事なものって、当たり前のようにやってた仕事の中に隠れてるってのがわかったよ」

照れくささを隠すためか、澄ました顔で髪を梳《す》く時田に何度でも惚《ほ》れ直してしまいそうだ。

恋人としても心から好きだと言えるが、仕事の相棒として時田の勘の良さ、根性の良さは何物にも代えがたい。

途中で寄った、がらがらのパーキングエリアでホットコーヒーを飲み、風に吹かれながら暮れていく綺麗な冬空を二人で見上げた。

車のボンネット越しに時田が言った。

「こうやって現場から俺たちが離れても、新鮮な雑誌は作り続けられるだろうな。俺やコバの替えはいくらでもいるとも思う。でも、俺にとってコバはコバだけだ。代わりはいらない。コバの強い意志に惹かれてついていく人は大勢いる。でも、全部が完璧にこなせるわけじゃないだろう？　今回みたいなポカミス、おまえ、たまにやらかすし」

「そうだな。俺、自分で思ってたより案外抜けてんだよな……」

自嘲する小林に、時田は可笑しそうだ。

「そう落ち込むなよ。飯嶋さんは、『こいつは使える』って見込んだ奴にはかならず一回は面と向かって怒鳴ることは聞いて知ってた。あれは、いわば飯嶋班の通過儀礼みたいなもんだ」

「そうなのか、知らなかった」

「俺は営業部出身だから耳聡《みみざと》いんだよ。厳しい場面で怒鳴られてもついていける者だけが、飯嶋班を支えるメンバーになる。コバもいつ怒鳴られるかって心配してた矢先に大声が聞こえてきたから、俺もさすがにびっくりしたけどな。特集班入りした直後だったからすぐに駆けつけることができてよかったよ」

「うん。おまえがあの場で収めてくれなかったら、どうなってたかわからない」

「俺は飯嶋さんやおまえみたいな大胆な舵取《かじと》りはできない。でもその代わりに、数字の動きや、細かい感情面に目が行く性格だ。そこをもっとうまく生かして、いつでもおまえを後ろから支えられる立場になりたい」

時田の思わぬ発言に胸を打たれた。

「俺に先頭を突っ切れって言うのか？」

「それがコバの夢だろ？　おまえは一見穏やかに見えて、実際はかなりの野心家だ。計画を練るのもうまいし、行動力もある。そういう奴が先に立つべきなんだよ。俺は、おまえが取りこぼしそうになる情報を拾ったり、隙間を埋めていったりするほうが性に合ってる」

高い空を舞う風が時田の髪を軽やかに煽る。風の行方を追うように空を見上げた時田が、笑いかけてきた。

「今よりもっと上に行けよ、コバ。俺が全力で後押ししてやるから、やりたいことをやれ。俺は、おまえの右腕になりたい。小林吉行《よしゆき》って名前が社内で出たら、かならず俺の名前が次に出てくるぐらいのことはできるようにする。世話好きで頭も顔もいい女房がもらえて、おまえ、めちゃくちゃ幸運だぞ」

「……ホントだよな」

笑いながらも、じんとくる言葉に目頭が熱くなり、涙がこぼれる前に小林は空を仰いだ。

思えばいつも、進退窮まったときに時田に支えられてきた。前部署の『小説央剛』にいたとき、雑誌の路線変更に怒る作家をなだめ、執筆を再依頼する場面に営業部の時田は付き添ってくれたことがある。腕の良い営業部員なのに編集者になれない己にもどかしさを感じていたあの頃の時田は、小林と一緒に作家本人と会い、モノ作りの現場の厳しさを肌で知った。出版社は編集者だけで動いている組織ではないという当たり前のことを、そして自分に課せられた役割を理解した時田は晴れやかな笑顔で、小林を虜《とりこ》にした。

時田が己をより深く知ったときの笑顔はなによりも強い力があり、小林はその都度、彼への想いを深めてきたのだ。

挑発的で、野蛮で、色気もあって頭がよく、気配り上手な時田という男が恋人兼、相棒になってくれたことが今さらながらに心から嬉しい。恋人としても、仕事のパートナーとしてもこれ以上の相手は世界中のどこを探しても見つからない。

「国彦にはホント、惚れるよ。おまえは俺より断然いい男だ。散々文句を言ってても、最後は絶対にやり遂げるよな」

「コバとずっと一緒にいたいからな」

華やかさと冷静さを兼ね備えた顔でこんなことを言われたら、飯嶋とて、あのバー『キブラ』で会った若い男ですら一発で落ちるんじゃないだろうか。

再び車を走らせ、「日没に間に合うかも」とアクセルを思いきり踏み込んだ時田が、高速を下り、有料道路の箱根《はこね》ターンパイクへと入っていった。カーブが多く、傾斜もある山道を上るのが初めての小林は、曲がり角を抜けるたびにどんどん開けていく景色に目を見開き、「うわ、うわ」と子どもみたいにはしゃいで窓にかぶりついた。時田は隣でずっと笑っていた。

枯れた山々の向こうに淡く煌《きら》めく海が見えた。さらに上ったところにある展望台で時田が車を停めた。

「間に合ってよかった。下に見えるのが芦ノ湖《あしのこ》だ。今日は雲もかかってなくてラッキーだ」

「日没の富士山《ふじさん》か……」

　冠雪した富士山をこんなに間近で見るのも初めてだ。

　息が白くなるほどの寒さも忘れて、自然の織りなす雄大な景色に見とれた。背後を振り返ると雲海が広がっている。頭上には早くも一番星が輝いていた。遮るものがない場所で深呼吸すると、冷たく清らかな空気が身体中に染み通っていく。

「すごいな……。圧倒される。国彦、よくここに来るのか？」

「学生の頃からたまに。車走らせるのが好きで、なんか行き詰まったときはバーッとかっ飛ばしてここに来る。自分より全然昔からあるデカい山を見て、ほっとしたり、励まされたりしてさ。コバ、少しは息抜きできたか？」

「できた。ホント、いい景色だ。……こんなに広い場所っていいなぁ」

「時間の隙を見て、また一緒に来よう。車を飛ばしたらすぐだし」

「そうだな。でも、もう少しここにいたい。……なあ、ちょっと恥ずかしいこと言ってもいいか？」

「おまえの口から出ることはたいてい恥ずかしいだろ。なんだよ。言ってみろ」

「俺は国彦のサポートを受けながら、絶対に上を目指す。もし、望んだ位置に立つ日が来ても、みんなの前で部下を怒鳴ることはしない。俺は俺なりの憎まれ方や叱《しか》り方を学んでいくよ」

「飯嶋さんに怒鳴られたのがそんなに効いたか？」

「効いた。あんなに胃がきりきりする場面は二度とごめんだ」

会社での立場や肩書きといったものが馬鹿馬鹿しくなってしまうような澄み渡った大空の下で時田と目を合わせ、腹が痛くなるほど声を上げて笑った。

空に向かって深呼吸を繰り返していたら、くしゃみを連発してしまった。時田が苦笑いし、「町に下りて風呂に入ろう」と言ってきた。

箱根にはちょくちょく来ているようで、慣れた雰囲気の時田が連れていってくれたのは日帰り湯も可能な宿だ。山の中腹にある宿はシーズン前のせいか、空いていた。

「露天、貸し切りにしてくれるってさ。部屋も空いてるから風呂上がりに休んでいいってよ」

「ホントか？　助かる」

宿に顔が利く時田のおかげで、静かでゆったりした露天風呂に浸かることができた。ざっと身体を流してから、白い靄《もや》が立つ岩風呂に小林が先に入り、時田があとから入ってきた。

前をタオルで隠しつつ風呂に足を入れている時田から目が離せない。素肌の時田を見るのも、のんびりと二人きりで喋《しゃべ》るのも本当に久しぶりで嬉しいが、なにかの拍子に肌が湯の中で擦れると、時田が欲しくて欲しくて、渇望のあまりうまく喋れなくなる。

――俺だけの男だ。身体の隅々まで知っているはずなのに、もっと触りたい。

のぼせやすい時田でも大丈夫なぬるめの湯に二人で浸かり、肩を寄せ合いながら夜空を見上げた。木立の向こうにいくつもの星が輝いているが、今、見たいのは時田の顔だ。

「……国彦」

掠れた声で呟くと、時田のほうから顎に手をかけてきた。

思い詰めた感情をその鋭い目に見るなり、くちびるをしっとりとした熱でふさがれた。甘く吸われて、いたずらっぽくくちびるの端を嚙《か》まれるとおかしくなりそうだ。時田の手首を摑んで小林からもくちびるを押しつけた。舌先でつついてくちびるを開かせ、形ばかりに逃げ惑う舌を搦《から》め捕って舐《ねぶ》ると、じわりと身体の奥に火が点くような快感が襲ってくる。

「ン……――っ……あ……」

腕の中でのけぞる時田の後頭部を支えてやり、くちづけながら胸をこね回すと、湯の中で柔らかくなっていた乳首が淫《みだ》らにそそり勃つ。

「ずっと……離れてた間、ずっと国彦に触りたくてしょうがなかった」

「したくてしたくて、しょうがなかったか。発情期のガキみたいに」

「それもあるけど、おまえを思いきり抱き締められるのは俺だけだって確信したかったんだ」

真摯《しんし》に囁き、しなやかにのけぞる首筋にキスすると、時田が頷きながらしがみついてくる。

「……俺もだ。俺も、コバを感じたかった。おまえ、俺とするときにしつこく何度も抱き締めてくるだろ。あれが……結構好きなんだなって、離れてた間に気づいたよ。おまえに抱き締められるとすごくほっとする」

「ほっとするだけか？」

身体の位置を変え、時田を膝《ひざ》に抱き上げて正面から向き合う格好にした。こうすると互いの昂《たか》ぶりが擦れ合って、狂おしいまでの快感を生む。

鼻先を擦り合わせて笑いかけると、艶《つや》めいたまなざしの時田が誘うように口を開いた。

「ほっとするだけじゃねえよ。……したくて、たまんなくなる。俺を絶対放っておかないって、つき合うときに約束したくせに、コバ、過去最長期間、……放ったらかしに、した、よな……責任、取れよ」

「言われなくてもやる」

膝の上に乗せた時田の声が掠れるまで胸を弄《いじ》り、尖った先端を口に含んで舐《な》め転がした。熟れた実のようにふっくらと淫猥《いんわい》に膨らむそこの根元を噛むと、「——あ」と声を嗄《か》らした時田が上半身をのけぞらせる。こりこりとした噛み心地に夢中になり、両方の尖りが霧の中でもわかるほどに真っ赤に勃つと、今度は先端だけ含んでそっと舐めた。

「あ……あぁ……いい……」

下肢を強く押しつけてきて、早く早く、と愛撫を身体全体でねだる時田の声や仕草すべてに心を奪われ、ただバカみたいにキスを繰り返し、互いの性器をまとめて擦った。

「あっ、あっ、んぁ、ダメだ、コバ……そんな、したら……っ……！」

腰が跳ねる時田を先にいかせようとしたのだが、上目遣いに睨まれた。

「ダメか？　一度いっておいたほうが、おまえの中、柔らかくなって挿《はい》りやすいんだけど」

「……たまには、俺の気持ちになってみろ」

「え？」

立ち上がらされ、時田が両脚の間に割り込んでくるのを驚きながら見守った。膝をついて、上向く小林の男根を根元から摑む時田の目元がぼうっと潤んでいる。

「おまえのコレ……しゃぶったこと、ないよな。いっつも俺が先にいかされて、悔しいんだよ」

「いや、それはべつに嫌みでもなんでもなくて」

「わかってる。でもおまえ、前に俺が寝てる間に、俺の口の中に指を突っ込んでやらしくかき回したことあるだろ」

「え、バレてたのか」

「当たり前だろ。おまえに触れられて気づかないほど鈍感じゃねえよ」

秘密にしていたつもりなのに、ばつが悪い。

「あのときは、酔っててさ。俺、デカいから国彦に無理させたくなくて……っちょっ、……おまえ、っ……！」

「ん……ッふ……」

大きく張り出したエラの部分を丁寧に舐められ、声が掠れた。竿《さお》に浮き立つ太い筋をチロチロと舐めながら目線を合わせてくる時田も自分のものを扱《しご》き、息を切らしている。

「コバでも、そういう顔すんのか。……そそる顔、するじゃねぇか」

「国彦……」

「デカくて、舐めづら……」

硬い繁みを指でかき分け、ずるぅっと舌を陰嚢にまで這《は》わせる時田がもう一度亀頭から含み直す。人並み以上の大きさと硬さを誇る小林のものをフェラチオするのは苦しいはずなのに、恍惚《こうこつ》とした表情が胸をかき乱す。

「俺のモンだ、コレは……他の奴に誘われても、絶対、触らせるなよ……」

「当たり前だろ、国彦にしかこんなことさせない。腰、動かしても……いいか」

「ん、……いい……」

蕩《とろ》けそうな意識で時田の口の中にねじ込んだ。熱い舌がくねって蛇のように竿に張り付き、じゅぽじゅぽといやらしい音を響かせる。

「ん――んんン、んっン、ン、ぅッ」

肉棒を咥《くわ》えた時田の顔を見下ろし、腰を突き動かした。頭を抱え込み、亀頭を時田の口の中の上顎に擦りつけるのが気持ちよくて止まらない。柔らかい粘膜を犯し、たまに歯を突き立てられるのもいい。

「……くそ、このままじゃ……」

「俺の口の中に出せよ、コバ……、ん、……ん、ッ、っぁ……！」

形のいいくちびるをめくれさせ、赤黒く勃ちきった肉棒を咥え込む時田の顔が快感に歪《ゆが》む。欲情にまみれた声で囁かれたのが引き金になった。押しとどめることができない絶頂感が身体の底から突き上げてくる。

「ぁッ……」

どくっと身体が大きく波打ち、溜め込んでいた濃いほとばしりを時田の口の奥に放つ。はっ、と息を切らした時田が両手で小林の肉棒を摑み、あふれ出る多量の精液を喉を鳴らして飲み干した。白濁がトロッと時田の頬や顎を伝う淫猥な光景は夢に見そうだ。もともと暴力的なセックスは好まないし、無理強いをさせるほうでもない。けれど、時田の上気したこの顔は何度でも見たくなる。

「……コバの、こういう味なのか……癖になりそうな味だよな」

「どれだけ俺をおかしくするつもりだ」

一度いってもまだ足りない。このままでは二人とものぼせてしまうと風呂から上がり、浴衣に丹前を羽織った時田と部屋にもつれ込んだ。

休憩するだけと宿には伝えたが、丁寧にも布団が敷かれていたのをいいことに、浴衣がはだけた時田を組み敷いた。胸を吸いながら浴衣の裾《すそ》を大きく開き、下着を穿《は》いていない時田のそこをゆるく、ずるく扱いてやった。帯もほどけているのにまだ浴衣を肩に引っかからせて快感に悶《もだ》える姿が悩ましい。時田のほうも我慢していたのだろう。数分と保たなかった。

「……ぁ……！」

悲鳴のような喘《あえ》ぎとともに時田が敷布を蹴《け》って達し、小林の手の中に白濁を散らす。オイルもなにも持ってきてないから、達した直後で弛緩している時田の背後から腰を持ち上げ、尻を割って孔に直接舌を潜り込ませた。

「や、バカ、それ、やだって、ダメだって……！」

「しょうがないだろ。ほぐさないと国彦がきつい。……いつもよりおまえのココ、熱くてひくひくしてる」

孔を広げて唾液を流し込み、収縮する様を愉《たの》しんだ。狭くて淫らに蠕動《ぜんどう》するそこに指を挿《い》れると、ねっとりと蕩けるような粘膜が絡みついてきた。

「あぁっ、……んぁ……、ン……——！」

長い中指の第二関節まで挿れ、上向きにカリカリと擦ってやると時田が敷布をかきむしる。

「そこ、っ、……いい、もっと、大きいもので、擦って……コバの……欲しい」

「もう少し柔らかくしたほうが」

「いいから、挿れていい。……早く。離れてたぶん、おまえを早く感じたいんだよ」

「バカ言うな。……もうどうなっても知らないからな」

肩越しに振り返った時田の涙混じりの声に勝てず、小林は顔をしかめ、腰を摑んで最初から思いきり奥まで突き込んだ。妖艶《ようえん》な細腰がくねり、小林の怒張を飲み込んでびくんと跳ねる。己の大きさを知らしめるために尻をギュッと摑んで真ん中に寄せると、逃げられない時田が喘いだ。

「う、――ぁ、あぁ、っ、あっ……！」

浴衣をまくり上げた時田の尻の奥にねじ込み、硬い繋みまで敏感な粘膜にぐしゅぐしゅと擦りつけるような強引さで獰猛《どうもう》に揺さぶった。前に手を回すと、時田のものも半勃ちになっている。優しく握って扱くと、はぁ、と漏れる吐息がどこまでも甘い。

「きつい、国彦……でも、すごくいい、すごく締まる……」

「……コバしか知らない身体になってんだろ」

「そうだな。浴衣姿でやるっていうのもなんか新鮮だ。おまえを無理やり犯してるみたいでちょっとつらいけど」

繋《つな》がったままで正面から抱き直した拍子に、浴衣がさらに乱れて、互いに繋がったそこが見え隠れして目にも淫らだ。色づいた胸や、濡れたままで勃ちきった下肢、さらに奥のほうで小林を受け入れている時田に見入った。

――全身で俺を受け止めてくれる。

そう思ったらやっぱり優しく抱きたいと思う。

だが、時田はどこまでも時田らしく煽ってくる。

「犯せばいいだろ。たまには、コバのしたいようにしろよ。そういうコバが見られるのは俺だけだろ。変に落ち着くなよ……、俺が欲しかったらいつでもどこでも、抱けよ。俺を欲しがってるがむしゃらなコバが見たいんだよ」

「おまえなぁ……少しは俺を大人にさせてくれよ」

「そんな達観したコバは他の奴にくれてやる。欲しい……。来いよコバ、おまえが好きで好きで、今までずっと我慢してたんだ。おまえだけが愛せる身体だろ」

「当然だ」

どうにも勝てそうにないと苦笑し、両手を首に絡みつけてくる時田とくちびるを吸い合い、少しずつ強く貫いていった。激しい衝動がピークに達する頃、腕の中の時田がこれ以上ないぐらい熱くなり、身体中で小林にしがみついてくる。

「や、や、もっと激しくして――いい、――すごい、もぉ、……いく、あ、ああっ……！」

「一緒がいい、愛してるんだ、国彦。俺にはおまえだけだ」

「ん――……！」

くちびるを重ねて最奥まで抉《えぐ》り込み、一番柔らかな場所をこじ開けるように突きまくった最後に火花が散るような快感が弾けた。

時田が絶頂に達するのと同時に、彼の中に精液を注ぎ込んで、「こぼすな」と呟きながら尻を淫猥に揉《も》み、まだひくついている性器も撫で回した。朝が来ても離したくない身体だ。

「今日はここに泊まろう。東京《とうきょう》には朝イチで帰ればいい」

「……大丈夫なのか？　予定変更して。今から帰れば深夜にはマンションに着くぞ」

「俺はもっと国彦を抱きたい。いつでもどこでも抱いていいって言ったのはおまえだろ。離れてた間、どれだけ悶々《もんもん》としたか思い知れ」

小林の本音に時田が荒い息の中、くすくすと笑い、「わかったよ」と言う。

「……やっぱり、コバと一緒にいる時間が一番いい。これから先、もっといろんなものがデジタル化して便利になってくだろうけどよ、人の気持ちまでそんなふうに割り切れないよ。一緒に暮らしてるなら、毎日、十分でもいい、五分でもいい。ちゃんと顔を見て話そうぜ。携帯電話やメールで連絡し合うよりも、俺はコバに一分、真剣に抱き締めてもらえるほうがずっと嬉しいし、記憶に残る。おまえに愛されてるって実感できる」

「そうだな。国彦の言うとおりだ。俺は自分で思ってた以上に突っ走りやすい性格なんだって最近気づいたけど、そういうふうにできるのも国彦がサポートしてくれたおかげだよな。……ありがとう。毎日キスして、一緒に仕事して、一緒に暮らしていこう」

暖房が効いた室内で、小林と時田は浴衣を脱ぎ、熱っぽさが残る素肌を擦り寄せて抱き締め合った。

確かな信頼感と素直な愛情が互いの身体から伝わってくるのが嬉しい。この感情は、まだまだ伸ばしていくことができる。愛することも、信じることも、繰り返す毎日の中で少しずつ積み重ねていくのだと、今さらながらに気づいた。

「ま、それでもまた険悪なことになったら、今回みたいに数時間でもいいから現実逃避して、お互いの気持ちを確認しよう。コバが自分を見失って誰かを怒鳴りそうになったら、容赦なく首根っこを摑んで引っ張っていくからな」

「国彦に任せるよ。俺はおまえなしじゃ生きていけない」

「本気で言ってるか、それ？」

「いつも俺は本気だ」

どちらからともなくキスして笑い合って見つめ、もう一度キスを交わし、今度はもっと深い熱に溺《おぼ》れていった。

毎日、この男を愛していく。新しい部分、変わらない部分を見つけて愛し続けていける相手に巡り合えた幸運に、小林は心から微笑んだ。

「いや、恥ずかしい話だけど、俺たちにも若い頃があってさ。当時は本当に衝突ばっか繰り返してたけど、ぎりぎりのところでいつも時田が引き留めてくれたことで、今まで続けてこられたんだよ」

「へえ……、なんか意外だ。時田さんのほうが激しやすい性格かと思ってたけど、コバさんにも尖った時代があったんですね」

「あったあった。いやもうそりゃ今でも大変だぜ？　二人きりになると、諒一《りょういち》も暁《あきら》もたまげるような壮大な夢を真剣な顔で延々と語り出すからな」

「ホントですか？」

「時田、それ以上はダメだ。恥ずかしいんだよ。まだ若い諒一くんと暁くんの前で、俺の恥部をさらすなって約束しただろ」

「あーハイハイ」

肩をぶつけ合う小林と時田に、央剛舎の後輩である浅田《あさだ》諒一と、若手カメラマンで諒一の恋人でもある田口《たぐち》暁が不思議そうに顔を見合わせて吹き出す。

最近、四人でたまに呑むようになった。お互いの事情を知っていて、なおかつ仕事や私生活のことも含めて相談できる相手というのは限られているものだ。四十四歳になった小林と時田にとって、二十八歳の諒一と二十四歳の暁の関係は初々しく、見ているだけで楽しい。今夜もこぢんまりとした雰囲気のいいバーで酒を酌《く》み交わしていた。

「もしかして、俺たち、小林さんにのろけられてますか？　いいな、それだけ長くつき合っていてもお互いに夢中で信頼し合っている感じって憧《あこが》れますよ。ねえ、諒一さん」

「俺に振ってどうすんだよバカ」

つっけんどんに返す諒一の耳先が赤いことに気づき、小林は煙草を吸いながらふっと笑う。

諒一自身が覚えているかどうか定かではないが、彼が若い頃、この自分をキブラで堂々と誘ってきたことを時田もよく覚えていて、たまに社内で諒一を見かけると思い出し笑いをしている。男あさりに走り、ふらふらしていた諒一を案じた時期もあったが、今では彼も、暁という軸がしっかりした男を手に入れ、ずいぶんと落ち着いたようだ。歳下でも、暁のほうが包容力があるのだろう。央剛舎のホープという噂《うわさ》どおり、素早い判断でいい仕事をするが、寂しい心を隠し持つ諒一を丸ごと受け止め、守ろうとする暁は健気《けなげ》で微笑ましい。

警戒心の強い諒一が、暁の隣にいるときだけはどことなく穏やかにしているのが小林にとっても嬉しいことだ。

時間が流れすぎていくことに寂しさを覚えることはもちろんある。四十四歳の今と、三十一歳のあの頃とではさまざまなことが変わった。人間関係も大きく変化し、央剛舎を辞めた者も結構いる。しかし、小林と時田が心から信頼していた上司や仲間はまだ社内にいる。三澤は別部署に移り、編集長として辣腕《らつわん》をふるっている。当時の副編だった飯嶋は今や央剛舎の取締役の一人に名を連ね、会社自体の運営に関わっている。

小林は六年前、三十八歳の若さで『週刊央剛』の編集長に就任した。政財界や芸能界のスクープやゴシップ記事を幅広く扱う百人以上の大所帯を小林が編集長として率いていくとなったとき、ここからが本番だと社内の誰もが思い、小林自身もその自覚は強く持っていた。誠実で温厚な対応をこころがけながらも、現場への判断の鋭さはけっして失わなかった。若い頃、時田に誓ったとおり、現場のトップに立って部下がミスを犯しても怒鳴ることはせず、そばに呼んで丁寧に叱るやり方を身につけた。

その小林の右腕として、時田は副編集長となった。華やかな容姿から滲み出す魅力は年々深みを増す一方で、かつて営業部で培った市場を見極める鋭い感覚を遺憾《いかん》なく発揮し、『週刊央剛』の部数を一気に伸ばす役目を担ってくれた。彼が昔と変わらぬきめ細やかなサポートで陰ながら支えてくれているからこそ、小林も感情的にならず、全体を落ち着いた視点で見渡せるようになったのだ。

けれど、勝負はまだ終わっていないと小林は最近よく思う。四十四歳になってもやりたいことはまだたくさんある。それを成し遂げるためにも、目の前でふざけ合っているような若い諒一たちの力を借りたいとも思う。

「俺と諒一さんも、小林さんたちみたいに互いに影響し合っていけるかな……。そうなるといいですよね」

「なってんだろうがよ、とっくに。だいたい、この四人で呑むなんて前には考えられなかったことだろ。暁がコバさんたちとどうしても話してみたいっていうから、こういうことになったんだろうが」

「えー？　全部俺のせい？　諒一さんだって小林さんや時田さんと会って話すのはすごく楽しいって言ってたのに……イテッ」

諒一に頭を小突かれた暁が苦笑いしている。

こんなふうに、好きな誰かがいいほうに変わっていく経過を見られるなら、時間に任せるというのも悪くないなと思うのだ。

「愛されてる男の顔っていいよなぁ……、ホントに。もっとたくさん可愛がって、パートナーなしじゃいられなくなるぐらい、骨の髄まで愛しまくってやりたくなるってもんだよな」

顔こそ不機嫌だが、身体は暁にもたれかかっている諒一を眺めつつしみじみ言うと、暁が楽しそうに笑い出した。

「うっわ、小林さん、余裕の発言格好いいなぁ。俺もいつか諒一さんにそんなふうに言ってみたいです」

「恥ずかしいからやめろ」

「もっと言ってやれ、暁。どうせ諒一は俺たちの前じゃつんけんした顔しか見せてくれねえけど、おまえと二人きりのときにゃもうちょい可愛く素直になるんだろ?」

「そりゃもう……いってぇ! 諒一さん、マジで殴らなくても」

挑発するようなまなざしをちらっと小林に送ってきた時田が、艶《なま》めかしい笑みを諒一に向ける。

「いいよなぁ、俺、諒一のことちょっと食ってみたかったんだよなー」

「ですよね。俺も時田さんには一度相手していただきたいと思ってました。いつか機会があったらぜひ」

愛されている者同士、やけくそで意気投合している。身を乗り出した時田の肩を小林が、諒一の肩を暁がぐいっと引き戻したのは、偶然にも同じタイミングだった。

四人はつかの間黙り込み、次の瞬間、腹を抱えて爆笑した。

「自分の恋人はしっかり捕まえておくこと。不満は溜め込まないでちゃんと喧嘩して、ちゃんと仲直りしていけばいいいってことを、俺は時田から教わったよ」

がっしりと肩を摑まれた時田はわずかに頬を赤らめているが、気を取り直して不敵に笑う。

「ここまでコバをいい男にしてやったのは、まあつまりは全部俺の功績ってことだ。見本にしたい大人ナンバーワンだろ、俺」

「そんなこと、わざわざ自分から言ってる時点ですでに大人じゃないだろ。まったく」

くだらない言い合いに、諒一たちが可笑しそうに笑い崩れていた。彼らの間にも、自分と恋人の間にも揺るぎない力が流れているのを感じ取り、小林は時田と目配せして笑い、テーブルの下で手を握り合った。

信頼と愛情を築いて、葛藤を重ねていっても、明日がどんな日になるか今はわからない。それでも、信じられる。明日はきっと楽しいことが待っている。時間を味方につけていれば、最後までこの手は離れない。

あとがき

こんにちは、または初めまして、秀香穂里《しゅうかおり》です。

『他人同士』全三巻のスピンオフとなる『大人同士』の文庫化です。諒一《りょういち》と暁《あきら》というコンビの他に、小林《こばやし》と時田《ときた》の話もいつか書けたらいいなとずっと願っていたことが叶いました。ですが、『他人同士』の中で、小林も時田も四十四歳、仕事ができる大人の男と描写してしまったことで、「いずれ上に立つ人物は、若い頃からその才能を見せ始めているはずだ」という話し合いになり、雑誌掲載分はもちろんのこと、文庫書き下ろしである『同僚同士』も相当苦戦しました。自分で自分の首を絞めてどうするんだバカめ……と思いつつも、こうしてあとがきまでたどり着くことができてほっとしています。少しでも楽しんで頂けたら幸いです。

挿絵を手がけてくださった、新藤《しんどう》まゆり様。新藤先生に初めて挿絵をつけていただいた『ノンフィクションで感じたい』内にちょこっと出したコバが、商業誌の初コバでした！　その後ありがたくも『他人同士』にも挿絵をつけていただけて、三巻目に四十四歳のコバが登場したときは心底嬉しかったです。こんなに格好いい四十四歳の大人に手首を摑まれて、なぜ諒一は動揺しないんだよ……！　みたいな（笑）。雑誌に掲載してもらった『他人同士』番外編でも大人の小林や時田にうっとりしましたが、今回の文庫化にあたり、若い頃ならではの鋭い色気と強い芯を持った二人をたくさん見せていただけて、なんとお礼を言っていいかわからないぐらいに嬉しかったです。飯嶋《いいじま》もめちゃくちゃ格好良かったです！　お忙しい中ご尽力くださり、本当にありがとうございました。ご一緒できたことに心から感謝しています。

担当の光廣様。言葉にできないほどお世話になっております。これからも精進していきますので、どうかよろしくお願いします。

最後に、この本を手に取ってくださった方へ。

私事で大変恐縮ですが、二〇一二年は小説家としてデビュー十年目にあたります。今まで続けてこられたのは、ひとえに読者さんがいてくださったからこそです。本当にありがとうございます。『他人同士』でスタートして、そのスピンオフである『大人同士』で十年目を迎えられることがとても嬉しいです。今後もまだまだおつき合いいただけるよう、頑張っていきます。

また、次の本で元気にお会いできますように。

秀　香穂里

この本を読んでのご意見、ご感想を編集部までお寄せください。
《あて先》〒105-8055　東京都港区芝大門2-2-1　徳間書店　キャラ編集部気付
「大人同士」係

■初出一覧
大人同士……小説Chara vol.24(2011年7月号増刊)
同僚同士……書き下ろし

大人同士

【キャラ文庫】

2012年2月29日　初刷

著　者　秀　香穂里
発行者　川田　修
発行所　株式会社徳間書店
〒105-8055　東京都港区芝大門2-2-1
電話048-451-5960(販売部)
03-5403-4348(編集部)
振替00140-0-44392

印刷・製本
カバー・口絵　株式会社廣済堂
デザイン　百足屋ユウコ

ISBN978-4-19-900654-8

好評発売中

Kaori Shu Presents
秀香穂里
他人同士2
イラスト 新藤まゆり
同居してセックスしていても
恋人同士なわけじゃない——

秀香穂里の本

【他人同士②】

イラスト◆新藤まゆり

好みの男を抱くはずが、酔って逆に抱かれた屈辱の夜——。次こそ自分が抱きたいと機会を窺いながら、年下のカメラマン・暁《あきら》と同居を続けていた編集者の諒一《りょういち》。けれど暁は豹変した記憶などなかったように、かいがいしく諒一の世話を焼いてくる。この甘やかし上手な男を、もう手放したくない…。体だけと割り切りたいのに暁の存在を無視できなくなっていた矢先、昔別れた恋人と再会して!?